LA PLUIE NE CHANGE RIEN AU DÉSIR

Véronique Olmi écrit, depuis une dizaine d'années, des pièces de théâtre (*Chaos debout*, *Le Jardin des apparences*, *Mathilde*, *Je nous aime beaucoup*) et des romans (*Bord de mer*, *Numéro Six*, *Un si bel avenir*, *Sa passion*, *Cet été-là*). Son œuvre est traduite en quinze langues et ses pièces de théâtre sont jouées partout dans le monde.

Paru dans Le Livre de Poche :

Le Premier Amour

Sa passion

VÉRONIQUE OLMI

La pluie ne change rien au désir

ROMAN

GRASSET

ISBN : 978-2-253-11848-0 – 1re publication LGF

« Et mon désir glissait sur la route du temps
Aride au bord du mystère des gouffres »

Pierre REVERDY.

Il était venu au rendez-vous. Place Saint Sulpice ce 18 août. Place Saint Sulpice à 13 heures sous un ciel d'orage. Il était arrivé après elle. En boitant. C'est cela que tout de suite elle avait remarqué. Un homme droit. Un homme fort. Dans une chemise bleue un pantalon blanc.

Qui boitait.

Et ne pouvait le cacher.

Ils ne s'étaient pas revus depuis cinq ans. C'est ce qu'elle croyait. Mais lui, lui rappela. Toutes les fois où ils s'étaient croisés. Où ils s'étaient parlé. Des rencontres brèves. Des soirées. Amis communs et brouhahas discrets. Elle, n'avait rien retenu. De lui. Elle pensait qu'il mentait. Qu'il inventait ces rencontres. Pour jouer. La faire sourire d'une coïncidence ou d'un hasard. Alors il lui dit. Exactement. Les lieux. Les noms des hôtes. Les paroles qu'ils avaient échangées. Mais cela aussi elle l'avait oublié. Alors il lui dit.

La couleur de ses robes. La couleur de ses robes était juste. Et la forme du col. La ceinture de soie mauve. Les perles incrustées. Tout était juste.

Elle alluma une cigarette sans le lâcher du regard, un regard par en dessous, entre suspicion et curiosité.

Ainsi, depuis cinq ans, il la voyait. Elle, passait à côté de lui sans l'effleurer, sans jamais le trouver changé, ou vieilli, épanoui, fatigué ou joyeux, sans jamais lui trouver quoi que ce soit. Et maintenant, assise face à lui au premier étage du Café de la Mairie, elle se demandait pourquoi rien ne s'était imprimé en elle, rien ne s'était glissé sous sa peau, dans sa mémoire… se demandait… sans avoir la force pourtant de chercher une raison, relier hier à aujourd'hui. Mais lui, évidemment, ne put s'empêcher de lui faire remarquer. De lui dire combien il la trouvait maigrie. Elle avait pris l'habitude. Depuis quelques mois, rares étaient les personnes qui la saluaient sans enchaîner avec cette observation à peine inquiète. Totalement indiscrète. Oui, elle avait maigri. Beaucoup. Douze kilos en quatre mois pour un mètre soixante-dix, c'était beaucoup. Les chiffres, c'était simple. C'était franc. Ce n'était pas cela qu'il voulait entendre. Rien ne l'autorisait à entendre autre chose. Alors, quoi ? Il suffirait de s'asseoir face à une vague connaissance dans un café à l'heure du coup de feu, pour avouer, comme ça, une vie ? On pourrait commander le plat du jour, indiquer la cuisson du steak, et dire que depuis… en comptant sur ses doigts… ses doigts sur le bois de la table mal calée… c'est ça depuis… six mois… Mon Dieu ! Six mois déjà… Plus personne dans son lit ? Et rappeler le serveur parce qu'on préférait, finalement, l'eau plate à l'eau gazeuse ? Et répondre à la vague connaissance… pardon ? Mon mari ? Ah oui bien sûr… Mon mari.

De rien. Elle n'avait envie de parler de rien. Elle s'en rendait compte seulement maintenant qu'ils étaient assis face à face, devant une entrecôte grillée un mauvais bordeaux une demi-Badoit. Elle n'avait pas envie de perdre du temps à chercher une conversation convenable, un échange agréable.

Cet homme qui était venu au rendez-vous en boitant n'avait rien de convenable.

Elle s'en rendit compte soudain.

Il n'était pas convenable.

Il n'était pas agréable.

Il était assis face à elle.

Et elle lui demanda s'il pouvait, s'il n'avait pas trop mal au pied pour marcher jusqu'au jardin du Luxembourg. Maintenant. Puisque de toute façon, elle ne mangerait pas. Puisqu'elle avait perdu cette habitude de déjeuner. Mais lui, peut-être, avait faim ? Avait mal ?

Il répondit que Non.

Il dit cela. Non. En renversant un peu la tête en arrière, les yeux et la bouche arrondis, simultanément arrondis, et sa mèche, très droite, très fine, tomba sur sa joue.

Il dit Non.

Alors cela commença.

I

Sur la place Saint Sulpice il la regarda encore et lui dit qu'il la trouvait un peu pâle. Elle s'arrêta de marcher. Pour lui dire bien en face, bien droite, tellement sûre d'elle, qu'il se trompait. Elle n'était pas pâle. C'était la couleur naturelle de sa peau et elle ne revenait pas de vacances comme la plupart des Parisiens passé le 15 août. D'où elle revenait, elle ne le dirait pas. Ni à lui. Ni à personne. Rien à fiche de la curiosité. De la compassion ou de l'étonnement. Rien à fiche surtout de la douceur avec laquelle il s'adressait maintenant à elle… peut-être dans l'espoir qu'elle ralentisse le pas ? Il faisait celui qui n'avait pas mal, donc il souffrait d'une douleur inavouable, une douleur honteuse, goutte ou arthrite peut-être ? Alors elle reprit sa marche, plus vite après s'être arrêtée pour lui asséner qu'elle n'était pas pâle, plus vite et vexée car elle s'était maquillée et pensait que le sang qui s'était retiré de son visage, le sang qui battait lentement en elle… le sang… l'absence de sang… quelle fatigue… elle pensait… cette humiliation… Il la trouvait pâle et maigre ? Seulement cela ? Pâle et maigre ?

C'est ce qu'elle était. Et elle flottait dans toutes ces robes dont il n'avait pas oublié la couleur, et toutes ces robes flottaient dans des armoires trop grandes où plus aucun homme ne suspendait ses chemises et ses vestes.

Elle accorda son pas au sien.

Et ils marchèrent en silence.

La rue Bonaparte était fermée aux voitures pour travaux et ils allèrent, au milieu de la rue déserte – il n'était pas 14 heures et les ouvriers déjeunaient un peu plus loin sur le trottoir face à La Procure.

Ils marchèrent au milieu de la chaussée comme deux qui ouvrent une manifestation, mais ils ne se tenaient pas bras dessus, bras dessous et n'ouvraient aucun cortège.

Plus ils marchaient vers le jardin du Luxembourg plus ils se délestaient au contraire, de tant de monde, de trop de bruit, de jours et de nuits à maigrir, à pâlir, à couler lentement vers la désespérance.

Ils se délestaient.

Lui, dans son effort pour ne pas boiter. Elle, dans son orgueil à marcher droit, haute, dans ses chaussures à talons, son corps d'adolescente.

Puis il se mit à pleuvoir. Comme il pleut soudain à Paris au mois d'août. Une vanne ouverte, une vague libérée avec violence ; il se mit à pleuvoir et au lieu d'accélérer le pas, au lieu de courir, courbés et agacés comme les rares passants autour d'eux, ils ralentirent leur marche et se sourirent pour la première fois, dans la fierté juvénile de cet accord muet.

Elle sentit l'eau couler de ses mèches à ses joues – pensa au maquillage, de ses joues à son cou – sur la perle et la croix, de son cou à son décolleté trop blanc et il eut, lui, un bref regard de tendresse gênée, troublé un peu par cette incohérence : son corps semblait si jeune et elle si fatiguée, d'une fatigue ancestrale, il pensa un instant que la pluie lui briserait les os – et ses chevilles étroites chancelaient sur les chaussures à talons hauts, car l'eau roulait maintenant dans la rue et ils la remontaient comme on remonte une rivière.

Il aurait dû, par galanterie, par égard, lui prendre le bras pour l'aider à marcher jusqu'au jardin. Car ils allaient au jardin. La pluie ne changeait rien à ce désir. Bien sûr ils auraient pu se réfugier sous un porche. Retourner au Café de la Mairie. Rentrer dans l'église Saint Sulpice. La librairie. Et attendre. Bien sûr ils auraient pu avoir cette conscience-là, obéir aux lois du ciel et se ranger du côté des mis à l'abri, mais ils choisirent la pluie furieuse et le Luxembourg désert.

Sa robe collait à son corps, elle croisa les bras sur sa poitrine pour lui faire croire qu'elle avait froid. Mais elle n'avait pas froid. Elle avait honte. Elle savait, d'une connaissance nouvelle et effrayante, que ses épaules, ses côtes, ses hanches étaient saillantes, comme une mort qui frappe aux carreaux, un squelette rigolard qui avouait tout. Tout ce qu'elle voulait cacher.

C'est pourquoi il ne le fit pas. Il ne l'aida pas, par galanterie, par égard, à marcher sous la pluie, se fit presque violence pour ne pas l'attraper comme on attrape soudain un objet précieux et léger et qui va s'envoler dans la bourrasque, une brusque rafale ; elle avançait en se mordillant les lèvres, le corps moins sûr, les mains plaquées sur ses épaules, elle avait du mal, de plus en plus de mal à demeurer une femme de quarante ans, affranchie, indépendante, elle avait juste quelques mois, quelques mois d'enfermement et de folie qui retenaient sa vie, toute sa vie, elle avait beau se dire parfois, se répéter qu'elle avait été quelqu'un d'autre, qu'elle avait été aussi une enfant, une adolescente, sans le connaître, sans connaître le mal, elle avait beau tenter de se rappeler ce que cela pouvait être, aimer et être aimée, elle n'échappait plus à cette réduction, cette cible qu'elle était devenue, cet objet de haine.

Cet objet.

Les hautes grilles noires. Les allées grises. Les arbres inébranlables. Les statues en bonne santé. Et eux.

Le silence soudain du Luxembourg. Les courts de tennis vides. Les joueurs d'échec enfuis. Le manège arrêté. Et eux.

Les échos lointains de la ville.

Et eux.

Le bassin glacé. Les ruches trempées.

Et eux.

La pluie s'apaisa. Se fit presque rare. Clairsemée. Elle laissa ses mains tomber le long de son corps pour retrouver un équilibre, car ses pas étaient difficiles, ses talons maintenant dans la boue, la boue et les graviers, et dans cet abandon, ce relâchement, elle trouva cela insupportable. Et ridicule. Ce n'était pas naturel de marcher côte à côte dans ce jardin sans se toucher. Ce faux entrain. Cette façon idiote de braver le mauvais temps et de ne pas en rire. Ce silence un peu gêné, même pas complice, c'était déplacé. Ils avaient l'air de quoi ? Deux mauvais marcheurs. Deux échappés de l'asile. Combien de temps est-ce qu'on peut tenir dans cet enthousiasme artificiel, cette décontraction décalée ? Comment être trempés, muets, et à l'aise malgré tout ? C'était épuisant. Comme un rôle pas fait pour vous, un exercice imposé et dont on se lasse si vite. Et pourtant, pour rien au monde elle ne serait partie. Là. Maintenant. Pour rien au monde elle n'aurait prétexté du froid pour appeler un taxi et rentrer chez elle. Et c'était bien cela qui était insupportable à présent. Ce besoin d'être ensemble. Différemment. Les mêmes. Mais autrement. Au même endroit. Mais pas comme ça.

« Évidemment on ne peut pas s'asseoir ! » Elle dit cela avec colère, agacement et mépris, alors il essuya de sa main, de sa manche, une chaise en fer, et puis l'autre, et de nouveau ils s'assirent face à face.

Ce n'était plus ridicule. S'asseoir sur deux chaises trempées dans un jardin boueux signifie clairement que du ridicule on est passé au personnel. Ils avaient choisi, délibérément, cette étrangeté, et déjà elle leur appartenait, et s'il lui avait répété qu'elle était pâle et maigre elle aurait sûrement répondu que oui, elle était terriblement changée, mais fière d'elle, si fière d'avoir survécu, elle avait fait ce que très peu auraient su faire, elle avait traversé de la rive de la mort à celle de la vie, et au lieu d'être assise douloureusement sur cette chaise en fer elle devrait déjà être dans le monde du silence. Mais lui, alla plus loin que cela. Lui, décida de se donner en spectacle. De lui montrer. Et qu'elle regarde.

Avec une fausse innocence, une aisance empruntée, il prit dans la poche de son pantalon un étui en cuir brun dont il tira un cigare.

Sans plus se soucier d'elle. Sans plus la regarder ou lui parler. Alors elle hésita, ne savait pas s'il décidait de s'octroyer une pause, dans ce duel tacite, de prendre un cigare comme on reprend une vieille habitude, un réflexe d'après déjeuner – mais ils n'avaient pas déjeuné –, ou bien s'il voulait qu'elle le voie dans ses gestes les plus personnels, et elle ne comprenait pas d'où venait son trouble, car s'il avait pris une cigarette plutôt qu'un cigare la situation aurait été tout autre, il aurait pris une cigarette après lui en avoir proposé une, forcément. Mais le cigare. À une femme. Ça ne se propose pas. La proposition c'était qu'il était un homme et qu'il allait faire ce que font les hommes que l'on imagine plus riches et plus puissants qu'ils ne sont, il allait allumer un cigare, et un gros, de surcroît.

Et il l'alluma. Se prépara à l'allumer. Commença la cérémonie avec l'espoir secret que c'était bien la première fois qu'elle y assistait. Et, de fait, depuis le souvenir lointain et qui pourtant affleura dans l'instant, depuis le souvenir de son grand-père fumant le cigare avec les hommes de la famille, c'était bien la première fois. À vrai dire, ce n'est pas quand il le sentit, le passa lentement, désinvolte mais déjà dans le plaisir de ce qui allait suivre, ce n'est pas quand il le sentit que revint l'image de l'aïeul, l'image ancienne pétrie de respect, c'est quand il ôta la bague rouge et or. Petite, elle gardait la bague. Elle se revit, guettant le don patriarcal, étonnée que l'on jette un si joli bijou. Une bague. Que son grand-père laissait tomber dans sa main comme on jette les miettes au chien.

Il lui dit que le cigare venait du Nicaragua, et parce qu'il dit cela, parce qu'il donnait une information qu'elle n'avait pas demandée, elle comprit que tout lui était destiné, que tout ce qu'il ferait à partir de maintenant était pour elle, et l'aile droite de son nez se plissa nerveusement, un tic qu'elle avait parfois, un jeu dont elle amusait aussi ses enfants, car elle savait qu'il faut toujours faire de ses travers des atouts.

Ce qu'il fit après, elle le voyait pour la première fois. Enfant, elle devait s'éloigner avec la bague, enfant, elle devait se contenter de ce faux bijou, dire merci et s'en aller, elle devait rester à sa hauteur minuscule, avec l'intuition du tabou, mais aujourd'hui elle regardait.

Avec ses dents il grignota le bout du cigare, le faisant tourner contre ses incisives, puis il le mordit franchement et cracha.

Il cracha. De côté. Elle ne savait pas comment le prendre. « Ça décolle la cape. » Il dit cela pour lui signifier que ce crachat était tout ce qu'il y avait de banal, qu'il fallait toujours en passer par là, mais alors elle se demanda comment il faisait dans les salons, on n'était plus à l'époque des crachoirs, comment faisait-il en temps normal ? Par temps sec ? Par temps ordinaire ? Elle ne lui posa pas la question. Décida d'accepter. Croire au crachat inévitable et rituel.

Il l'entendait respirer. Se racler doucement la gorge. Puis il vit son pied battre le vide, et la mule tomber. La mule noire tachée de boue, abîmée de graviers. La mule trop haute. Pas adaptée à la circonstance. Et elle resta ainsi.

Un pied chaussé.

L'autre nu.

Et de nouveau il faisait tourner le bout du cigare, mais pas contre ses dents cette fois-ci, contre ses lèvres et sa langue. Contre sa salive.

Elle avait mal au ventre, elle changea de position, s'assit un peu plus au fond de sa chaise, posa son pied nu contre sa jambe et le massa sans détourner les yeux de sa bouche et de son cigare, pensant que le fixer ainsi signifierait qu'elle était tout à fait à l'aise, presque indifférente, mais lui remarqua seulement que sa robe s'était remontée sur ses cuisses et qu'elle ne s'en apercevait pas.

Il sortit son briquet, pour tenir la flamme haute, droite, infaillible, la tenir au-dessous du cigare, une attraction du feu et du tabac, un accord dans la brûlure inoffensive et nécessaire, et cela ne s'arrêtait pas, le jeu de la flamme et du cigare qui se répondaient sans se toucher, nécessaires, éloignés et ensemble.

Elle avait décidé de tenir. Ne rien montrer de ce désir qui montait en elle, une tension et un énervement croissants, ses doigts, le cigare, ses lèvres, sa façon d'être à l'aise, d'orchestrer l'exhibition.

Et de nouveau il respira le cigare. Sans lui dire ce qu'il ressentait. Sans partager cette odeur-là, ce plaisir solitaire. Respira en fermant les yeux à demi, comme un qui se protège du soleil.

Elle lâcha son pied et regarda les marronniers. Inutiles. Inondés. Des marronniers au mois d'août, sans ombre et sans fruits, en attente d'une saison, en attente que leur temps vienne.

« Du temps où les cigares étaient roulés sur

les cuisses des femmes, à Cuba, avant de les fumer on les aseptisait toujours avec la flamme. »

Il savait comment la rappeler. Elle le regarda de nouveau. Sans poser de questions agacées sur la saleté supposée des cuisses des femmes, à Cuba. Trop facile. Peut-être qu'avec d'autres ça marchait, ce genre de provocation, mais pas avec elle, et si elle avait pu elle aurait ri, et si elle avait pu elle se serait arrachée à ce jardin, et si elle avait pu elle lui aurait dit qu'il ressemblait à son grand-père, et si elle pouvait elle cracherait sur ses mules, là, maintenant, elle cracherait elle aussi, puis elle y passerait sa manche, puisque les femmes nettoient et les hommes allument leurs cigares, si elle pouvait elle lui demanderait s'il avait envie d'elle. Si elle pouvait.

Elle lui demanderait.

Et enfin il le fit. La bouche arrondie, les lèvres brillantes, le regard amusé, au bord de l'ironie, il l'alluma. Et cela vint d'un coup, le cigare s'alluma d'un coup, sans que jamais pourtant la flamme ne l'ait touché.

Il aspira.

Rejeta aussitôt la fumée.

Lui sourit.

Un sourire qui semblait dire Voilà.

Qui semblait dire Alors ?

Et maintenant il ne pleuvait plus. Plus du tout. Les oiseaux étaient revenus. Au pied des arbres. Dans les allées. Sous les chaises en fer. C'était fini, déjà, cette étrangeté, elle n'avait plus rien de personnelle cette décision, ce désir de s'asseoir dans le jardin trempé, c'était comme rallumer la lumière après s'être cherchés dans la nuit, sortir d'une rêverie, un peu ahuris, seuls et étonnés.

Alors ?

Alors, voilà.

Il fumait.

Elle jouait avec la perle et la croix à son cou.

Au lieu de se ronger les ongles. D'enrouler une mèche de cheveux à leurs doigts. De battre l'air d'un pied agacé. Il fumait. Elle jouait avec la perle et la croix.

Au lieu de se parler. De tout de rien. Des joggeurs qui revenaient. Des deux vieilles aux pigeons. Du marcheur solitaire qui s'arrêtait aux poubelles. De tout de rien.

Au lieu de se parler.

Au lieu de cela elle regarda, pour la première fois, la couleur exacte de ses yeux. Bleus. Pas le ciel. Pas la mer. Pas les chansons ou les poèmes. Un bleu lointain. Rendu lointain par sa clarté et la finesse des cils trop droits, un bleu rentré, un bleu de presque rien, un bleu qui allait mal avec l'arrogance du cigare, la force supposée d'un homme qui fume le cigare, l'assurance joyeuse d'un homme qui essuie la pluie avec sa manche, un bleu qui s'accordait à sa façon de marcher, sa façon de boiter, sa façon de le cacher, un bleu de maladresses, un bleu trop clair presque inavouable, un bleu qui ne voulait pas, ne pouvait pas être comme les autres bleus – un signe de bonne santé, de beauté facile, elle regarda la couleur exacte le bleu exact, comment s'appellerait-il sur une palette, à la surface de l'eau, à l'encre d'un stylo, ce bleu, comment ferait-on pour le nommer ?

Elle se leva.

Elle remit la mule et se leva.

Et si ce bleu était une odeur, quelle serait-elle ? À quoi pouvait-on le marier ? Une odeur lointaine. Une armoire si haute et que l'on ouvre doucement, pour la première fois depuis si longtemps. Les siècles des siècles. Le bleu d'une chambre au fond d'un couloir. Une odeur de bleu de bois, le bruit douloureux de l'armoire que l'on ouvre enfin, de la chambre que l'on retrouve, du secret que l'on confie. Les siècles des siècles.

Alors, voilà.

C'était un bleu qui venait de loin. C'est ce qu'elle comprenait maintenant, maintenant qu'elle ne le regardait plus, maintenant qu'elle n'osait plus et qu'elle était tout entière dans ce désir de lui et qu'elle savait déjà à jamais inassouvi, à cause de la couleur de ses yeux.

Elle marchait un peu. Elle marchait à peine. Quelques pas, un piétinement autour de leurs deux chaises, l'une pleine de son corps massif, l'autre vide et impatiente, l'un et l'autre corps, assis et debout, résistant et engageant, l'un et l'autre corps, à lui, à elle, l'un et l'autre corps, qui ne s'étaient jamais touchés et se croisaient depuis cinq ans, se croisaient pleins d'assurance et d'allant, pleins de tailleurs chemises bleues robes noires longs manteaux pantalons chic jeans délavés perles incrustées, la perle et la croix l'odeur du cigare si proche maintenant, cette odeur de chien, de chien sous la pluie, l'un et l'autre corps, Je te donne mon corps Je te donne mon sang, la prière muette de deux corps trop habillés, Je te donne mon sang, sa peau à elle, sa peau si pâle et le maquillage discret, Ceci est mon corps Ceci est mon sang, et le boire, boire le sang de l'autre sans rougir rouge sang rouge baiser, et voir la couleur de ses yeux se casser, et sentir les résistances se briser, un grand fracas le verre pilé, les conventions et la politesse, la place de l'un le statut de l'autre, pour la première fois depuis cinq ans cette mascarade ce temps perdu et ces souffrances qu'on n'aurait jamais crues possibles et cette endurance pourtant quelle merveille résister à tout et survivre.

Vivre.

Alors, voilà. Vivre.

Elle s'approcha de lui.

Vivre.

Lui, trop gros sur cette chaise trop petite. Trop dure. Trop mouillée.

Lui et ses cheveux de fille. Fins. Blonds. Raides malgré la pluie. Fins et clairsemés. Blonds pour la couleur des cils. Forcément. Accordés. Un visage accordé à la couleur des yeux. Un visage commandé par le bleu.

Aux ordres de ce bleu.

Vivre.

Elle s'approcha de lui avec une lenteur ivre, pleine déjà de tout ce que son geste allait bouleverser, ce geste qui renverserait l'ordre des êtres et du temps, renverserait les siècles des siècles, renverserait les marronniers centenaires, les statues de pierre, les chaises lourdes les idées reçues les leçons apprises, elle s'approcha approcha son visage du sien dans ces secondes éternelles ces secondes arrêtées en arrêt devant cette merveille, cette chose possible uniquement à deux, deux bouches deux désirs deux langues deux vies deux visages vis-à-vis l'un contre l'autre l'un sur l'autre la peau pour la première fois au goût de la peau de l'autre la peau inconnue contre la sienne nouvelle, une première fois unique le premier baiser le seul le sauveur révélateur sublime échange unique communion goût du sang et de la salive forme des dents force de la langue douceur du bout de la langue épaisseur violente surprenante de la langue goût du cigare et du vin, goût nouveau les dents lisses les lèvres agacées les lèvres entrouvertes refermées à peine démesurées pleines à pleine bouche se vouloir se demander se répondre avec les dents avec les langues ce qu'elles disent en d'autres langues ça n'en finira jamais pour que le premier baiser soit toujours le premier la saveur du premier baiser à pleurer sous les marronniers à ne plus avoir froid ne plus avoir honte le premier baiser indifférent à la forme du corps à l'âge de l'âme la traversée du désert le premier baiser toujours désaltéré toujours la première fois enfin enfin elle l'embrassa ses yeux bleus devenus flous trop proches chavirés les cils tremblés les yeux fermés son regard à elle dans son mystère à lui les yeux entrouverts un bleu échappé repris donné clos un clignement de bleu et puis les paupières encore timides frémissantes la peau fragile des paupières l'hésitation l'invitation, enfin enfin le premier baiser le premier que l'on a osé toujours étonné enfin prendre son visage dans ses mains enfin le tenir dans ses mains enfin le porter dans ses mains l'accueillir le recueillir le visage aux cheveux de fille le visage mal rasé le visage qui pique le visage d'homme qui irrite dans ses mains le tenir enfin se goûter se respirer respirer dans la bouche de l'autre expirer le visage dans ses mains la langue sur le palais les dents les lèvres la respiration du premier baiser l'incroyable indécence la merveilleuse indiscrétion la subite exploration soudain ce visage dans ses mains dans sa bouche son nez contre son nez faire confiance, de la main lentement lentement lâcher la joue la pommette haute et lisse, lâcher la barbe naissante, la main sur la nuque oser, attraper le visage par-derrière les doigts dans les cheveux les cheveux fins sur la nuque longs longs de fille, jouer les attraper infiniment la main à plat sur le cou la forme du crâne infiniment.

Vivre.

Elle posa la tête dans son cou.

Elle s'était assise sur ses genoux sans le savoir.

Elle respira, sa tête dans son cou.

C'était fini. Le premier baiser. Ils s'embrasseraient encore. Plus jamais pour la première fois. Cette surprise. Plus jamais. Cet aveu. Plus jamais. Plus jamais cette audace. Cette impudeur. Jamais.

Il passa ses bras autour de sa taille. Il ne posa pas le visage dans son cou. Il leva au contraire son visage au-dessus du sien. Regarda ailleurs. Derrière les grilles noires. Les allées entretenues. Les voix des passants. Regarda ailleurs et lui dit qu'il y avait, derrière les grilles noires, un hôtel qui s'appelait Luxembourg Parc.

Alors il fallut bien sortir du jardin. Après le premier baiser marcher dans les allées, la boue et les graviers, éviter les passants dans leurs imperméables leurs chaussures fermées, contourner le bassin sans enfants, les bancs inhabités, après le premier baiser marcher dans l'hiver, les bruits de la ville étouffés, le ciel noir encore, entre averse et moiteur, après le premier baiser, sans se tenir, en se frôlant à peine, de temps en temps la main, les doigts à peine, avec cette appréhension et cette envie de la chambre, cette envie de l'autre et cette gêne de soi, après le premier baiser marcher de nouveau solitaires, dans la boue et les graviers, trempés déjà malades, en inquiétude, en attente, sans se parler y aller, Luxembourg Parc, sans savoir si c'est possible une chambre libre le 18 août, une chambre prête depuis le matin, une chambre inconnue mille fois visitée, y aller sans se connaître et sachant déjà tant de choses, après le premier baiser cette peur au ventre, Ce n'est pas grave si c'est raté, se dire se persuader Rien ne se joue rien ne se passe juste un instant une heure une chambre Luxembourg Parc, après, la fuite, l'oubli immédiat, le non-retour le non-revoir, y aller au rendez-vous suprême, marcher dans le jardin en se frôlant à peine, de temps en temps la main, les doigts à peine, avec l'effroyable certitude que bientôt ils seraient nus.

Elle s'arrêta de marcher. Elle ne pourrait jamais être nue face à lui. Etre nue contre lui. Sur lui. Dans lui. À côté de lui. Nue. Elle ne pourrait pas contre un homme lancer ses hanches saillantes ses seins minuscules elle ne pourrait pas recevoir les caresses comme une dernière aumône elle ne pourrait pas.

Elle demeurait debout, face à lui qui l'attendait comme on attend, paisible, habitué, un enfant qui rechigne à marcher, un enfant indolent. Il l'attendait sans sourire et sans impatience, il l'attendait. Il était là. Dans son corps lourd, ses yeux bleus ses cheveux raides, il était là. Avec sa bouche unie à la sienne sa bouche qui venait d'elle qui en avait encore le goût, sa bouche si fine, dessinée avec l'art maîtrisé du trait, sa bouche muette, lèvres douces, longues, sur ses dents lisses, elle passa un doigt sur ce dessin, cette bouche entrouverte, pour s'assurer qu'ils ne se feraient pas de mal, ils avaient des lèvres légères sans cruauté ni amertume sans pli mesquin sans retenue, elle caressa du bout du doigt l'endroit du premier baiser la source première le plaisir et la fraîcheur des lèvres la chaleur de la langue, et le souvenir de cette chaleur passa sur ses doigts, et de ses doigts à son ventre et de son ventre à son sexe l'intérieur de ses cuisses en sueur déjà sans qu'elle le veuille sans qu'elle y pense le désir de lui sur le bout des doigts, alors elle marcha de nouveau, ils allèrent de nouveau côte à côte, passèrent devant les flics en faction, le Sénat austère, la rigueur de la loi, passèrent devant le règlement intérieur, les horaires d'ouverture et de fermeture, les chiens interdits les ballons interdits les baignades interdites et les baisers oubliés.

Alors il fallut bien parler. Demander une chambre donner un nom une carte bancaire recevoir le code la clef, il fallut bien en passer par là soudain dans ce hall à la moquette épaisse, bouquets épanouis, magazines datés, les dépliants des Galeries Lafayette et les horaires des bateaux-mouches, et le désir soudain comme une convention, un passage obligé, appeler l'ascenseur et oublier le mystère et oublier le salut de la femme de ménage son petit rire parce qu'elle l'avait reconnu, et monter sans se parler, le plus loin possible l'un de l'autre dans l'ascenseur minuscule, ne pas avoir l'air gênés, ne pas avoir l'air pressés, ne pas lire dans les yeux de l'autre la déception déjà, la situation convenue cent fois répétée, le cliché absolu, l'envie de redescendre l'envie que ce soit fini, et pourtant au fond du ventre cette petite frayeur, cette espérance.

Il eut du mal à ouvrir la porte. Mais puisqu'il avait demandé, puisqu'il avait montré sa carte, puisqu'il continuait son métier d'homme – après le cigare, la chambre d'hôtel –, puisqu'il l'invitait à faire l'amour, c'est lui qui avait la clef. Et le bruit de cette clef dans la serrure, son bougonnement parce qu'il n'arrivait pas à ouvrir, le cliquetis de la clef l'apaisa soudain. Cela redevenait familier. Cela redevenait intime. La clef. Qui hésite. Qui cherche. Qui tourne. Et alors elle se demanda où il rentrait le soir. Chez qui. Est-ce que quelqu'un l'espérait ? Est-ce qu'une femme sursautait à l'entendre mettre la clef dans la porte, Tu es là tu as fini plus tôt quelle surprise viens viens vite tu es trempé mais tu as pris la pluie non moi je n'ai pas bougé je t'attendais entre vite ferme la porte.

Ils entrèrent. Et bien sûr la chambre n'était pas comme elle l'avait imaginée, puisqu'elle l'aurait voulue plus sombre plus nue plus grande, puisqu'elle l'aurait voulue ailleurs, une autre fois, avec un corps de rêve une peau parfaite dix kilos en plus quinze années en moins, une chambre de vainqueurs, de sportifs, de jeunes mariés en bonne santé, une chambre pour les autres tous les autres mais pas eux.

Elle s'assit au bord du lit, il dit que c'était vraiment rococo, non, ces pompons aux rideaux et la reproduction de Napoléon au-dessus du lit, est-ce que Napoléon avait dormi dans cet hôtel, Ah bonne question ! Ils rirent un peu et elle sentit sa bouche sèche, asséchée par l'appréhension, lui demanda un verre de vin, qu'est-ce qu'ils ont dans le bar, qu'est-ce qu'ils ont pour nous, est-ce qu'ils ont pensé à nous, est-ce qu'ils savaient que l'on viendrait et que l'on aurait soif, Excuse-moi je vais aux toilettes, elle dit cela pour passer à la salle de bains, voir son visage dans la glace et tenter de le supporter.

Son rimmel avait coulé. La pluie. Le baiser. Le visage dans son cou. Son rimmel avait coulé et ses yeux, déjà cernés, étaient bordés de noir, ses cils petits et collés, comment avait-il pu embrasser cette femme-là, si elle avait su quel visage elle lui offrait, si pâle les yeux creusés, jamais elle n'aurait pris l'initiative du premier baiser, jamais elle n'aurait été une femme désirante, une femme entreprenante, jamais elle ne se serait tenue dans ce hall d'hôtel comme une promise, jamais elle ne se serait montrée à la femme de ménage près de l'ascenseur, si elle avait su quel visage était maintenant le sien elle serait sortie du jardin en courant, en courant les mules à la main, les jambes à son cou, la honte à ses joues et elle serait allée se cacher, là-bas, chez elle, tout au fond de sa tanière et sous sa couette comme un chien malade.

Mais elle n'avait pas su. Et maintenant elle était là. Et elle l'entendait, lui, déboucher la bouteille et sortir les verres.

Elle pissa quand même. Puisque maintenant elle était là. Puis elle fit couler l'eau au robinet pour rincer son sexe, elle avait toujours peur d'avoir mauvais goût, il y avait des hommes qui n'aimaient pas cela, le goût du sexe des femmes, et celui-là, cet attentif presque muet, ce discret au corps d'athlète, celui-là dont elle avait osé regarder la couleur exacte des yeux, dont elle connaissait la façon d'embrasser, celui-là est-ce qu'il aimait le goût du sexe des femmes ?

Il avait posé les verres sur le petit bureau, et se tenait assis au bord du lit. Il aurait pu l'attendre nu dans le lit, les draps remontés sur le torse comme un mari, un amant de longue date, il aurait pu se défaire de cette chemise froissée, humide, accordée au bleu de ses yeux. Elle s'assit à côté de lui, pas trop près cependant pour ne pas avoir l'air. L'air d'attendre. L'air d'être pressée. L'air d'avoir hâte que ce soit fini déjà et savoir déjà, est-ce que ce sera bien est-ce qu'il est un bon amant, est-ce qu'il dira encore, osera dire encore qu'elle était maigre, ou ferait-il au contraire des mensonges de convenance, Tu es belle Tu me plais, ce genre de phrases qu'il dirait forcément en pensant à autre chose, les yeux fermés l'imagination galopante, tant pis pour lui s'il fuyait, elle savait qu'elle aimait trop faire l'amour pour décevoir un homme, qu'elle ne les avait jamais déçus, et revint l'image de cette nuit, cette nuit sans fin, lui, le mari, qui l'avait rejointe sur le canapé du salon, son exil loin du lit conjugal, qui s'était assis à côté d'elle et répétait inlassablement Je ne peux pas imaginer que je ne te toucherai plus jamais Je ne peux pas imaginer que ce soit fini Je ne te toucherai plus jamais Je ne peux pas imaginer ; et elle regardait l'heure clignoter au magnétoscope, l'heure s'éterniser dans la nuit du salon glacial.

Il lui tendit un verre de vin blanc, un verre si fin dans ses doigts épais, est-ce que ses doigts sentaient le cigare, est-ce que ses doigts aux odeurs de cigare allaient plonger en elle, est-ce que son odeur pourrait s'accorder à celle du tabac, les cuisses des femmes, la bouche des hommes… ?

Elle posa le verre de vin sur le petit bureau sans même y goûter, lui prit la main, l'ouvrit doucement comme un cadeau précieux, elle tenait des deux mains sa paume ouverte, la porta à son visage comme l'eau des fontaines, cela sentait la pluie la terre et le tabac trop fort, l'humidité d'une poche, elle embrassa longuement la main salée, salie, elle détestait les hommes aux odeurs de savon, lui, sentait sa journée, toute sa journée dans ses mains, ce qu'il avait touché avant elle, le sucre le café le peigne la chemise bleue les clefs l'argent le cuir la pluie le tabac le fer des chaises au Luxembourg son visage à elle au Luxembourg l'odeur mouillée de ses cheveux, et soudain il prit sa tête dans ses deux paumes ouvertes et l'embrassa, la bouche immense, la bouche qui cherchait loin dans sa bouche, ses dents contre les siennes, elle bascula en arrière sous le poids de sa bouche qui fouillait qui suppliait de venir avec lui, de partager d'explorer de recevoir, et elle sentit contre elle son sexe comme un bloc, une promesse son sexe tendu sous le pantalon blanc qui lui disait qu'elle était belle, belle depuis tant d'années qu'il avait envie d'elle sous ses robes si bien coupées, derrière les petits-fours les compliments d'usage, envie d'elle derrière la maigreur et la pâleur, derrière la peur et l'ordinaire des jours, et il la souleva l'allongea tout entière sur le lit, elle était une plume on pouvait la porter la retourner la faire venir la retenir la reprendre, il pourrait tout faire avec elle elle se le jura dans l'instant puisqu'elle était si légère légère comme une plume.

Il lâcha sa bouche, embrassa son visage, vite, le front, la naissance des cheveux, les paupières closes, les sourcils noirs, les joues pâles, le cou, longuement le cou, des baisers furtifs du bout des lèvres et des dents, de brefs cognements de tête dans son cou comme un animal qui cherche sa place, creuse sa tanière s'enfonce et creuse, et elle prit ses cheveux dans ses doigts pour lui dire Continue N'arrête pas, le tenir par les cheveux pour qu'il la morde encore, mette des traces sur sa peau, et elle s'entendit gémir de soulagement d'impatience de bien-être, gémir dans la respiration enfin retrouvée du plaisir, le son du plaisir, elle gémit comme on se rend, comme on revient à la vie, et elle voulait tout en même temps que tout surgisse que tout explose maintenant, maintenant elle voulait son sexe dans le sien, elle voulait la jouissance, retrouver cela retrouver un homme qui la cogne la fracasse l'amnésie de tout sauf du plaisir la survie survivance survival le plaisir, elle ouvrit sa chemise bleue du bout des doigts, les petits boutons de nacre, et lui se redressa d'un bond, la quitta comme après le plongeon on remonte à la surface.

Alors le silence soudain.

Le face-à-face soudain.

Assis de nouveau face à face, mais, par terre, renversé, son verre à lui, le verre de vin blanc sur la moquette parme.

Est-ce qu'il ne voulait plus ? Est-ce qu'il allait lui demander, trivial et ordinaire, lui demander pour le test du sida, parler de sa femme, de l'heure à laquelle il devait repartir, et pourquoi était-elle si maigre, allait-il lui dire que finalement… ce moment d'égarement… égarés tous les deux… finalement… deux amants sans bagage dans une chambre rococo… finalement.

Mais il ne disait rien. La regardait ne disait rien. Elle était attentive, prête à la déception, orgueil ou dignité, amour-propre humiliation, fabuleux ratage méprise sans importance, il faudrait bien qu'un jour elle apprenne à rire de tout.

Elle décida de ne pas l'aider. Ne poser aucune question, ne pas suggérer, ne rien savoir de sa vie, la sienne lui suffisait qui pesait des tonnes.

Il baissa à peine le visage, à peine, et sa mèche tomba sur sa joue... comme il avait les cheveux longs, cette mèche abandonnée, d'une tendresse à pleurer ce relâchement sur son visage mal rasé cet aveu de ses cheveux blonds sur son front de cinquante ans... Elle passa une main dans ses cheveux à elle pour l'éviter, maintenant elle avait tellement envie de prendre sa tête et de la serrer contre sa poitrine, la tenir contre elle, y poser sa joue, maintenant elle avait tellement envie de ce petit geste, cette rassurance, tellement besoin.

Il baissa le visage et déboutonna lui-même la chemise bleue. Bon, dit-il. Et dans ce Bon, il y avait Tant pis. Tu vas me voir. Tant pis. Tu l'auras voulu. Tant pis.

Derrière le cigare, derrière l'homme qui emmène une femme à l'hôtel, l'homme qui débouche une bouteille de vin, l'homme qui renverse une femme sur un lit, il y avait cela. Les petits boutons de nacre. Tant pis.

Est-ce qu'il pouvait deviner que jamais il ne la troublerait autant ? Ses doigts épais sur les boutons de nacre sa mèche sur son regard baissé, ce qu'il allait lui montrer qu'il n'aimait pas, ce qu'il allait lui offrir qu'il ne voulait pas, cette confiance qu'il lui faisait alors qu'il aurait pu… il aurait suffi… s'il n'avait pas déboutonné la chemise bleue mais seulement le pantalon, seulement libéré le sexe, l'amour aveugle l'amour vite fait, il aurait pu. Il ôta la chemise. Elle sourit. De tout son visage lui sourit. Un bonheur léger. La grâce d'un instant. Il lui plaisait infiniment. Ce qu'il n'aimait pas lui plaisait infiniment. Ces poils partout sur son torse son ventre ses épaules, cette animalité si douce, cette protection de rien, cette étrangeté admirable, est-ce qu'elle méritait cela après les baisers seulement, est-ce qu'elle méritait sa nudité, elle lui dit Allonge-toi, doucement, Allonge-toi, il obéit et elle s'accroupit sur lui, si légère sur lui il devait peser le double il devait être son double et elle l'avait mis à terre, son corps au-dessus du sien son visage au-dessus du sien son sexe sur son sexe encore secret, cet inconnu tendu sous le lin blanc du pantalon d'été, elle était assise sur lui et caressait l'infinie douceur de son torse, elle n'avait jamais vu cela, cette quiétude jamais, elle y promena ses joues, l'une et l'autre joue sur ses poils, elle respirait par petits coups, sans complexe le reniflait, tentait d'approcher son odeur de la comprendre de la nommer, mélange de sueur de sel et d'acidité, une odeur de vétiver de linge repassé, le mélange étonnant d'homme et d'enfance, il était l'ailleurs infiniment présent, la force et la vulnérabilité, et elle eut soudain l'impression violente et inattendue, l'impression d'être arrivée quelque part. Alors elle osa. Soulever sa robe. La passer au-dessus de ses bras, son visage, la laisser tomber hors d'elle et hors du lit, elle n'avait pas de soutien-gorge, à quoi bon, à quoi bon mentir faire comme si, elle était lisse et fine comme une esquisse une femme pas assez dessinée la chair pas assez pleine, et il passa ses mains de sa nuque à son ventre, plusieurs fois, les paumes à plat les doigts ouverts, de sa nuque à son ventre, elle était une liane un roseau, ses seins frémissaient sous ses mains qui prenaient le temps, le temps de la sentir si maigre, ses côtes sous ses seins comme une évadée de la mort, pourtant ils se regardaient avec la certitude que maintenant, puisqu'il n'avait pas seulement déboutonné son pantalon, maintenant, puisqu'elle n'avait pas seulement relevé un peu sa robe, maintenant ils allaient accepter.

Elle l'embrassa encore, une lèvre après l'autre, près de l'empreinte de l'ange, au bord du menton, l'embrassa pour retrouver, dans le goût de sa bouche, la force d'aller plus loin, et tous deux pensaient à leurs sexes non dévoilés, leurs baisers étaient un sursis, une petite latence, elle bougeait doucement sur lui, ses seins frôlant son torse, lentement d'avant en arrière le bout de ses seins tendus sur cette terre inconnue, elle ne savait pas si cela lui plaisait elle ne savait pas ce qui lui plaisait, est-ce qu'elle allait apprendre ce qui le faisait basculer perdre le contrôle, y avait-il des secrets des gestes pour qu'il n'oublie jamais qu'il l'avait tenue dans ses bras elle et aucune autre, pour que jamais il ne passe les hautes grilles du Luxembourg sans que son corps se souvienne. Avant lui. Avant la conscience la recherche du souvenir. Que son corps lui soit reconnaissant.

Il passait les mains sur ses hanches et son dos, elle aimait bien son dos, est-ce qu'il allait l'aimer aussi la chute de ses reins les fossettes juste avant le galbe de son cul, est-ce qu'il la caressait en attendant d'oser se mettre complètement nu, ou est-ce qu'il avait un tout petit peu envie de la connaître ?

Elle embrassa son front, ses cheveux de fille avaient basculé en arrière, elle embrassa son front hâlé, large, bombé, derrière ce front il y avait toute sa vie, depuis le ventre de sa mère jusqu'à cette après-midi d'août, il y avait les inscriptions de l'enfance les refus les élans les échecs et tous les rêves, ceux qu'il s'autorisait ceux qui le protégeaient, les rêves partagés et les jalousement gardés, les rêves de sauvetages et les utopies superbes.

Elle sentit ses doigts sur son cul, l'habileté de ses doigts à faire glisser son string, il devait faire cela souvent une habitude un point de passage obligé, faire glisser le string d'une femme, elle se souleva, se leva, elle était debout au-dessus de lui sur ce matelas trop mou, il demeurait tout en bas entre ses jambes écartées, c'était peut-être cela dominer un homme, le regarder du ciel sans savoir s'il sera généreux ou pressé, c'était peut-être cela dominer un homme, mais elle venait du pays de la peur et elle savait que cette peur ne la lâcherait jamais, et si elle avait fui avec l'instinct infaillible du danger, il y avait toujours dans sa chair la présence des chasseurs.

Elle retira son string sans le quitter des yeux, il était immense sous ses jambes, son ventre son torse ses épaules comme une baleine échouée, il était si plein, d'une présence inévitable maintenant c'était inévitable, elle s'assit sur le lit et il se redressa pour se déshabiller, elle se tenait accroupie les jambes ramassées sous elle, le menton sur ses genoux elle le regardait cet instant de vérité qui la faisait frémir son sexe trempé douloureux et ses mains se crispèrent sur ses mollets, elle grimaça sans le vouloir, un petit rictus d'attente une trahison d'impatience, elle renversa la tête sur ses genoux les yeux fermés le corps tendu, elle entendit la chute du pantalon avec le bruit des clefs de la monnaie, toujours si lourdes les poches des hommes, déformées insondables, elle entendit le portable que l'on éteint et son cœur s'arrêta un instant. Le portable fermé. Avant que le spectacle commence. Le monde extérieur qui appellerait sans recours. Quels mots l'attendraient dans la petite boîte après la jouissance les voix familières les rappels et les remords les Je t'attends Alors comme convenu J'espère que tu n'as pas oublié ?

Elle se tenait recroquevillée. Fermée. À l'instant de la nudité. Sur un lit pas encore défait. Accroupie et fermée. Close soudain, soudain ce désir qu'il fasse le premier pas qu'il donne le ton, elle était prise dans la glace elle savait qu'il fallait relever la tête ouvrir ses bras ses jambes mais la paralysie soudain, l'incapacité à faire les gestes appris, tant de fois éprouvés, la mécanique qui mène à l'orgasme, elle était prise dans la glace avec la crainte du ratage et de la solitude, prise dans la glace avec l'envie qu'il vienne la chercher. Et s'il ne venait pas. Elle en resterait là. Après tout. Elle en resterait à cette ébauche cet arrêt la suspension, et il lui resterait à jamais inconnu.

Il posa ses mains sur son crâne, ne cherchant pas à relever son visage mais massant doucement son crâne du bout des doigts, des pressions légères des appuis des points d'appui, massa longuement sans rien exprimer d'autre que cette douceur muette, elle sentit ses épaules se relâcher, ses mains quitter ses chevilles, et elle bascula en arrière son corps de tout son long étendu, il vint sur elle lentement, son poids son double poids, il débordait d'elle elle aurait voulu que cela fasse du bruit, que la venue de son corps sur le sien ressemble au fracas de l'eau.

Elle n'avait envie que de son sexe dans le sien, rien d'autre que cet acte nu, cette vérité première, elle écarta les jambes, elle était vierge de lui innocente de lui, il vint en elle et elle sentit le bout si rond si doux de sa queue pénétrer s'emboîter se loger dans son ventre et vouloir cet abri, fouiller cet idéal se bercer lentement d'abord dans la prudence la retenue, doucement d'abord dans son sexe gonflé bordé d'eau et de sang, doucement dans l'insupportable tension et tous les possibles inexplorés les promesses de l'ivresse et de l'accord, elle sentit la longueur et la vigueur la souplesse et la dureté de sa queue, un bouleversement une érection un don d'érection, il bougeait plus vite maintenant cherchant le soulagement le redoutant cherchant la jouissance la différant chavirant dans son ventre se maîtrisant mais basculant plus vite déjà d'avant en arrière la course retenue le contrôle éperdu au rythme de la femme s'unir, elle gémissait du fond de sa gorge l'effort pour ne pas hurler, mais accepter, accepter d'être à la merci d'un homme, prise, tenue, envahie par un homme, accepter ouvrir ses cuisses lâcher ses râles hurler supplier plier se soumettre dériver, et il bougeait fort plus fort en elle mais pas plus vite pas affolé encore pas emballé encore, elle ouvrit les yeux et vit son épaule si large au-dessus d'elle cette épaule la naissance de son cou, une obstination de chair au-dessus d'elle, le plaisir décuplé par cet homme, ce bloc d'homme, cette montagne d'homme au-dessus d'elle, et alors elle entendit ses cris, ses cris qu'elle ne pouvait plus garder et qui hurlaient la délivrance la violence l'indécence la vérité la vie déchirée la honte mise à terre, ses cris lancés hors d'elle, heurtés au plafond jetés vers le ciel, revanche de la vie épuisement de la douleur faim de la vie rage de vivre, ses cris rauques qui appartenaient au mystère à l'incompris, et lui s'y accorda, bougeant vite en elle si vite pour la rattraper l'accompagner encore et encore dans le crescendo de ses plaintes il venait avec elle il ne la quittait pas, cavalant dans le crescendo de ses plaintes, il cognait de toute sa queue de toute sa force et ses couilles battaient contre son cul il était partout avec elle, et alors elle hurla longuement, un chant inconnu toujours, une violence nouvelle toujours, dépassés matés maltraités son orgueil sa pudeur, et après cette déchirure elle revint dans l'ordre du monde, éblouie anéantie, et il était là, son visage au-dessus du sien, les deux bras en appui sur le lit, c'était lui maintenant qui cherchait la couleur de ses yeux, elle s'en voulut de lui avoir donné si peu de n'avoir été que cette femme délivrée, elle le regardait surprise et soulagée, Et toi ? lui demanda-t-elle dans un murmure voilé, il ne répondit pas, juste un sourire, la naissance d'un sourire sur ses lèvres si finement dessinées, il frotta son front sur son avant-bras, comme un petit cheval, puis son regard revint à elle et il lui dit qu'il voulait que cela dure longtemps.

Ils demeurèrent ainsi. Emboîtés. Arrimés. Soudés par leurs deux sexes. Et calmes, et sûrs d'eux, avec l'étrange pressentiment qu'ils pourraient compter l'un sur l'autre. Ils étaient allongés face à face, l'un dans l'autre sans parler, de temps en temps lui, immobile, souriant à demi, levait son sexe dans son ventre, elle fermait alors les yeux dans un petit rire de bien-être un rire d'enfant câliné, il prenait soin d'elle il était là retardant sa jouissance pour ne pas la quitter, et ils entendirent de nouveau la pluie, la chambre s'assombrit dehors le ciel était noir barbouillé d'encre et de nuages lourds, dehors les menaces les averses et les défis, et eux sur leur radeau éphémère, soudain elle se sentit triste, triste d'être si bien, soudain elle se sentit à l'abri avec cet homme, alors elle posa la main sur son visage mais cela n'empêchait rien alors elle enfouit sa tête contre le matelas le dessus-de-lit froissé, et elle sanglota aussi fort qu'elle avait joui, rejetant sans le vouloir sa queue hors de son ventre, puis elle se recroquevilla pour cacher ses sanglots ne pas se montrer dans l'effroyable grimace cette douleur qui ne voulait pas mourir, et lui, immobile, l'attendait, comme il l'avait attendue dans les allées du Luxembourg, muet et patient, mais inquiet pourtant, n'osant pas un geste un mouvement n'osant pas se détourner la laisser tranquille la laisser seule, lui pétrifié maintenant comprenant qu'elle pleurait depuis si longtemps, pleurait même dans le rire la jouissance les baisers les verres de vin, pleurait depuis toujours un chagrin masqué par l'élégance le raffinement, un chagrin caché par les sourires les talons hauts, un chagrin que rien n'endiguait et alors il lui demanda ce qui lui était arrivé.

Elle s'arracha du lit, douloureusement presque rampant, comme un animal meurtri, un soldat blessé, se glissa hors du lit, tituba un peu, le vertige un peu lorsqu'elle fut debout, la pluie frappait aux carreaux, les petits signes du dehors, l'écoulement du temps, l'ennui d'un 18 août pluvieux, elle alla, les pieds nus sur la moquette parme, évitant le verre, les vêtements, les souliers, évitant le désordre, traversant la chambre pour se rendre à la salle de bains.

Elle rentra dans la baignoire, s'y recroquevilla et fit couler l'eau chaude, très chaude sur sa nuque son dos son visage, son dos encore, longuement, les paupières closes, dans la concentration de ce bien-être qu'elle espérait, cette détente qui ne venait pas, l'orgasme ne l'avait délivrée de rien, l'orgasme l'avait juste exposée un peu plus à la vie, elle se souvenait qu'avant... avant... avant elle s'endormait après le plaisir comme une jeune fille fragile l'esprit léger le corps satisfait, avant elle s'endormait l'après-midi elle fermait les yeux et elle était bien, ni assaillie ni poursuivie, avant elle n'attendait rien.

Elle ignorait ce qu'il allait faire. Laisser un mot sur la table près de la bouteille de sancerre, un mot gentil discret mais explicite, ce n'est pas le genre de femme que l'on a envie de revoir, revoir ces grimaces entendre ces pleurs hystériques, ce n'est pas le genre de femme qui gagne à être connue, ce n'est pas le genre de femme que l'on prend pour maîtresse, oui, laisser un mot, un mot gentil sur le papier à en-tête Luxembourg Parc, et lui ne plus jamais le rencontrer, ne plus jamais croiser le regard de celui qui sait, de celui qui a vu comme elle jouit et comme elle pleure comme elle est maigre et tendue le regard de celui qui sait et est reparti sans plaisir sans soulagement, quelle élégance payer la chambre malgré ça, quelle élégance ne pas dévoiler le fiasco, et elle entendit dans la chambre la ceinture, la monnaie, les clefs, alors comment allait-il s'en sortir, sortir la tête haute sans montrer son empressement, sortir sans courir puis offrir son visage d'homme à la pluie, un deuxième cigare peut-être, au fond d'un bar, tranquille et solitaire, elle entendit la porte de la salle de bains s'ouvrir, releva la tête, il était nu encore, le sexe abandonné, sexe mort de statue, il s'approcha d'elle, elle remarqua qu'il ne se coupait pas les ongles des pieds, des griffes pour son corps protégé, ses poils mélange de sueur de sel et d'acidité, elle se souvenait elle l'avait en elle gravée dans sa mémoire et à l'empreinte de ses doigts, son odeur d'homme vivant, l'odeur de sa peau dans le travail des heures, sa sueur d'homme depuis le matin avec, dans cet instant, dans cet hôtel, un peu de son goût à elle, un peu de son parfum et de sa peur, sans le savoir déjà leur odeur l'une contre l'autre pour brouiller les pistes de l'habitude et du temps. Et elle eut envie de son sperme du goût et de l'odeur de son sperme, envie de le voir jaillir assister au désordre, contempler le chaos. Elle lui tendit la main, il s'assit dans la baignoire, il paraissait encore plus vaste pris dans l'étau de cette baignoire étroite, elle rit un peu il leva les yeux au ciel en souriant, la petite coquetterie qui signifiait qu'il avait l'habitude, oh là là comme il avait l'habitude de sa démesure.

Elle fit couler l'eau au robinet, posa le pommeau de douche et prit son sexe dans sa bouche. Il avait son goût, elle se suçait en le suçant, le lavait d'elle et sa queue durcissait et tressautait, alors elle décida de prendre son temps de la goûter à peine de l'enfoncer jusqu'au fond de sa gorge la torturer avec sa langue le bout de sa langue lécher lentement les couilles les sentir devenir cailloux douloureux pierres de plaisir insupportable, ô comme son sexe était doux à la mesure exacte de l'intérieur de ses joues à la mesure de sa langue et elle le tétait allait venait le bout de sa queue entre ses lèvres arrondies un étau de chairs brûlantes allait venait une danse d'amour il sentait bon ses poils aux odeurs de bruyère de sous-bois de mousse trempée, elle aimait sa queue elle l'aimait de plus en plus elle en avait besoin elle la voulait, et elle la léchait la reprenait la léchait l'aspirait l'embrassait la faisait aller et venir s'enivrant de ce désir tendu de cette rougeur luisante de ce sperme qu'elle sentait affluer le long de sa verge, un courant une précipitation, et lui qui haletait et osait parler maintenant pour la première fois osait les mots toujours les mêmes devenus uniques, C'est bon Oh c'est bon Oui continue Oh oui Continue ! Il lui disait Oui et elle devenait son refuge son sexe réfugié dans sa bouche et elle le suçait pour son plaisir à elle s'y engouffrait et lui cet homme tout entier contenu dans cette verge tout entier dans cet espace nu, affolé perdant ses repères lâchant sa boussole, Continue Oh oui Continue ! et elle se prit à sourire en le léchant un immense bienfait sucer cet homme une récompense ne lui donner que du plaisir toute sa vie soudain comprise dans ce plaisir ramassé dans sa bouche et sa gorge, elle le tenait allait et venait avec des petits bruits de succions qui se mêlaient à ses gémissements et au bruit de l'eau dans la baignoire, l'eau chaude qui s'écoulait et les recouvrait comme une caresse lente clapotait à leur rythme les accompagnait complice indolente son bruit de cascade dans la salle de bains anonyme, le dévoilement de leur complicité ce jeu qui se mêlait maintenant aux gestes ordinaires du sexe et lui donnait les couleurs d'une joie timide une légèreté nouvelle bercée par la chute de l'eau et maintenant leurs corps vêtus entièrement de cette eau chaude et claire son sexe à lui flottant dansant, elle regarda un instant le bleu de ses yeux devenus gris, lui sourit dans le bref éclat d'une jeunesse retrouvée, prit ses fesses dans ses mains, prit une inspiration de sportive et plongea la tête sous l'eau pour tenir de nouveau sa queue dans sa bouche, il rit un peu, par surprise, par délice, accepta la proposition d'une fellation en apnée, se demandant qui d'elle ou de lui se rendrait le premier, mais elle savait revenir, aspirer un peu d'air et repartir et il voyait ses cheveux flotter autour d'elle comme des algues marines, il voyait son dos arrondi dans cette révérence cette soumission, il accepta de nouveau l'abandon la merci la douleur la perte la faiblesse la joie, et jouit dans sa bouche.

Elle se redressa doucement, avec l'humilité de celle qui a gagné un combat, le regarda dans la douceur du plaisir accompli, et son sperme bordait ses lèvres, caressait son menton, elle s'assit face à lui dans la baignoire les jambes longues de chaque côté de son corps, avec un pied ferma l'eau au robinet, avec une main arrangea un peu ses cheveux puis passa ses doigts sur la douceur des perles blanches à sa bouche, les perles lisses et grasses avant qu'elles ne meurent et ne deviennent sécheresse, ils se souriaient à présent, ils étaient quittes, ils étaient bien, étourdis et joyeux, avec l'envie violente de partir à la recherche l'un de l'autre.

Ils restèrent un instant silencieux, osant se regarder sans gravité et il lui dit, un peu jaloux, un peu ébloui, lui dit que les hommes, elle devait les rendre fous.

Alors elle cessa de sourire, planta dans son regard une douleur lointaine, l'aile droite de son nez se plissa nerveusement et elle répondit Oui, Oui je les rends fous, Oh si tu savais à quel point ! Elle rit un peu, un petit rire d'amertume misérable, et après quelques secondes de silence, quelques secondes entre l'esquive et le dévoilement, elle lui dit : Mon mari… Fou, oui… Les docteurs m'ont demandé de signer l'internement d'office. L'internement d'office après ses bouffées de délire paranoïaque, tu comprends ? Tu comprends je n'ai pas signé. Impossible de divorcer d'un homme interné, tu comprends ? Impossible de fuir cet enfer-là je n'ai pas signé pour divorcer je n'ai pas signé et maintenant il peut il a le droit. Voir mes enfants. Les terroriser. Je n'ai pas signé. J'ai faim. Tu crois qu'il y a un room service ? Non. Sortons. Sortons.

II

Dehors le ciel était électrique, les trottoirs brûlants, l'odeur du béton fondu se mêlait à celle de la terre mouillée, l'humidité des rues contrastait avec l'éclat du ciel, c'était un entre-deux, l'orage d'un été, le bouleversement d'une saison. Les heures semblaient inversées et plus la journée s'écoulait plus sa lumière était crue.

Malgré le soleil, malgré l'heure d'après déjeuner, les rues demeuraient désertes. Paris ne s'offrait pas aux touristes. Paris attendait ses habitants, et ainsi délaissée, la ville était une autre, elle s'était retirée comme la mer se retire, elle se retenait d'exister tout à fait.

Ils sortirent de l'hôtel, devenus autres eux aussi, connus l'un de l'autre mais avec la conscience du presque rien, ils avaient osé un peu, mais parce qu'il y avait eu le chagrin et la joie et le jeu dans la baignoire étroite, parce qu'il y avait eu cet éclat ce début d'allégresse, l'avenir de leurs deux corps devenait possible. Leurs vêtements humides encore n'étaient plus une gêne, une peau de trop, leurs vêtements froissés avouaient leur complicité, tout ce qu'ils savaient maintenant l'un de l'autre, avec la force du désir, la pudeur et le dévoilement, la chemise bleue le pantalon blanc la robe les mules noires étaient les alliés de leur innocence et de leur audace.

Ils allaient vers la rue Monsieur Le Prince, elle avait envie de sushis elle ne mangeait plus que cela maintenant, un peu de poisson cru et de riz froid, mais déjà elle n'avait plus vraiment faim, n'osait pas le lui avouer, car lui parlait avec délice de manger et de boire, car lui lui disait Tu dois manger toi aussi, une injonction qui aurait pu être familière mais devenait, prononcée par lui, avec ce respect un peu gauche, devenait une attention, un début de tendresse, alors cela l'effrayait encore plus, cette impossibilité qu'elle avait à manger, cette épreuve que cela était devenu, ingérer un aliment, le garder en elle, le digérer, comment faire comprendre cette lassitude ce dégoût, comment cesser de s'excuser Non merci je n'ai pas faim, comment répondre à ce conseil inquiet Tu dois manger toi aussi, alors elle avait proposé des sushis car cela parfois elle y arrivait parfois cela était possible parfois aussi elle vomissait dans la rue elle ne mangeait rien elle vomissait, la dernière fois la plus honteuse l'inadmissible faute l'incroyable défaillance, elle avait vomi en amenant son petit garçon à l'école, cinq fois, oui, cinq fois de suite sur le si court trajet, elle lui disait Pardon Pardon Pardonne-moi, et recommençait et ses yeux pleuraient malgré elle dans la violence du haut-le-cœur, les muscles de son ventre douloureux et la honte devant les autres parents, ne plus jamais être comme eux soudain devenir l'étranger l'intrus le cas social, devenir une maman dont on détourne le regard.

Ils passèrent devant le Théâtre de l'Odéon. Fermé pour travaux. Paris s'était replié sur ses travaux. Les entrailles à l'air et les réparations secrètes, les améliorations promises et la jachère de l'été, Paris était hors saison, Paris souffrait du mois d'août.

Elle lui prit la main. Parce que la luminosité était violente. Parce qu'elle se demandait s'il oserait la garder dans la sienne, accepterait le risque qu'on les voie ainsi. Mais son geste était déplacé, c'était un geste de couple, et s'ils étaient deux, ils n'étaient pas ensemble. Elle lâcha sa main, il ne marqua aucune réaction, qui étaient-ils l'un pour l'autre, eux qui n'osaient prononcer leurs prénoms, eux qui voulaient basculer du plaisir à la démesure mais différaient cet instant, qui étaient-ils ?

Il avait faim. Il avait soif. Son corps était plein de vie, bouillonnant des besoins de la vie, son corps, une mécanique prodigieuse, sa force et ses complexes, elle pensa qu'elle n'arriverait jamais à tenir cet homme-là par la taille, l'enlacer d'un bras, elle pensa que jamais elle ne poserait la tête sur son épaule, jamais elle ne l'entendrait dire les mots simples les mots essentiels : Je suis là Ne t'en fais pas, des mots réservés peut-être aux femmes moins affranchies, les mots de la rassurance, ceux qui lui manqueraient toujours et qu'elle ne demanderait jamais.

La plupart des restaurants étaient fermés, quelle heure était-il, à quelle heure est-on censé faire l'amour, s'arrêter s'alimenter, dans quel ordre le monde est-il placé, il y avait si longtemps que l'axe de son monde s'était désaxé, si longtemps qu'il était sorti de ses gonds son monde furieux et malmené, il y avait sûrement des choses à faire pour habiter les mêmes heures que les autres mais elle les ignorait, et alors qu'ils se tenaient dans la chaleur moite la lumière excessive, se tenaient devant la vitrine d'un restaurant japonais, elle leva son regard vers le sien, cherchant un repère dans ce vertige de la rue, cet étouffement de l'extérieur, et son regard était nouveau. Planté dans le bleu de ses yeux, juste au-dessus de l'iris noir, il y avait un éclat jaune comme une pépite d'or. Pourquoi ne l'avait-elle pas vu au Luxembourg ? Cet éclat venait-il de la lumière du ciel ou de sa vérité à lui, ce fragment de soleil dans le bleu ancien de ses yeux, cet ailleurs offert, ce petit grain de jaune dans les siècles des siècles, une surprise une folie ces deux copeaux de lumière, l'inattendu dans son regard. Mais elle avait perdu l'insouciance du Luxembourg, l'insouciance et la spontanéité du premier baiser, elle n'osait pas l'embrasser dans la rue, elle n'osait pas lui dire qu'elle ne voulait pas manger, que l'air était si lourd et qu'elle voulait tout oublier, tout oublier dans le fracas de son corps sur le sien.

Le petit restaurant était sombre, il avait la pénombre de ces pièces d'été protégées du soleil, il avait l'odeur d'une friture ancienne, et les petits bouddhas dorés riaient, incongrus, parmi les lampions de papier rouges et les beignets aux pommes. C'était un restaurant endormi, et l'homme assis derrière la vitrine aux sushis était plein d'indolence et de paresse, à peine leur sourit-il en leur souhaitant la bienvenue, c'était un lieu hors des convenances, la fatigue y avait remplacé naturellement la politesse.

Alors ils acceptèrent leur silence. Le silence entre eux. La salle occupée seulement, tout au fond, par une vieille femme qui épluchait des légumes tout en surveillant un enfant endormi dans une poussette.

Ils étaient comme deux marcheurs égarés accueillis par un couple de paysans taiseux, ils mangeaient sans se parler derrière une table en bois sombre, et la vie des hôtes continuait, la vie des autres, chacun ses heures, le rythme décalé d'un après-midi d'orage. De temps en temps il la regardait et son regard était plein des questions qu'il ne posait pas, un élan le poussait, aussitôt la pudeur le retenait, la pudeur et la peur aussi, car s'il voulait savoir, il ne voulait pas être convié au bord du gouffre. Il voulait apprendre sans souffrir. Approcher cette femme sans s'y brûler. Elle lui sourit, parce qu'elle comprenait tout cela, tout ce qu'il ne demandait pas et pourquoi il ne le demandait pas, et cette façon trop brusque qu'il avait de boire sa bière, de renverser la tête en arrière, comme pour s'éloigner d'elle, respirer hors de son champ magnétique, prendre un peu d'alcool comme un peu d'air pur.

Alors elle lui dit qu'elle avait été surprise qu'il l'appelle, qu'elle avait été surprise aussi qu'il accepte le rendez-vous. Il passa une main sur ses yeux. Il ne pouvait pas lui avouer qu'il lui avait téléphoné sur le conseil d'un ami, il ne pouvait pas lui avouer qu'il l'avait toujours vue aux antipodes de ce qu'elle était aujourd'hui. De ce qu'elle avait été dans ses bras. Et il se frotta les yeux encore, une main fébrile qui masquait les pépites d'or et le bleu lointain, demanda une deuxième bière et lui dit qu'il avait été heureux qu'elle lui propose ce rendez-vous – et aussitôt comprit qu'il lui parlait comme s'il ne lui avait jamais fait l'amour. Ses cris. Ses plaintes. Jamais. Sa bouche. Son sexe. Jamais. Et comme pour rattraper cette insupportable distance, il lui dit qu'il fallait qu'elle mange un peu, au moins un deuxième sushi, au moins cela, elle ne pourrait pas tenir uniquement avec deux trois tasses de thé au jasmin.

Ça va aller, dit-elle. Ne t'en fais pas, Ça va aller. Et dans la poussette, tout au fond de la salle, l'enfant s'était réveillé et pleurait. La femme lui souriait sans cesser d'éplucher les légumes, sans s'approcher de lui, sans le toucher.

Elle répéta Ça va aller. L'envie de le hurler soudain. De l'écrire sur les murs. De le chanter à l'enfant. De le crier au ciel électrique au soleil malade aux rues désertes. Ça va aller. S'en persuader. S'en foutre. Ça va aller.

Et rentrer se coucher. Se couvrir de la pâleur d'un drap blanc, respirer dans cette lumière, ce recueillement.

Mais lui buvait encore. Buvait sa bière. Des deux mains tenait son verre, tête baissée, ses lèvres humides brillaient, ses lèvres étaient l'unique douceur dans la salle sombre, et l'enfant pleurait maintenant en se cabrant, ses cris d'injustice, de faim et de soif, une révolte de bébé pris au piège. Elle dit que c'était insupportable, fut tellement heureuse que cela fut insupportable, le bel alibi la merveilleuse excuse, sortir, quitter la moiteur, l'odeur de friture et les pleurs aigus de l'enfant, quitter la chape d'indifférence et les bouddhas hilares parmi les beignets aux pommes.

Alors il finit son verre d'un trait, effaça d'un revers de manche un peu de mousse blanche au-dessus de sa lèvre, un peu de mousse blanche comme s'il avait bu la mer et elle se dit qu'aimer cet homme au bord d'une plage, marcher avec cet homme au bord de l'eau, sous un ciel gris un jour d'hiver seule avec lui dans l'hiver ce serait sans doute plus simple.

Dehors le soleil les attendait plein de rancune et d'âpreté, plus violent encore dans ce mitant du jour, il leur disait que leur place n'était pas au-dehors, le soleil blanc les renvoyait au Luxembourg Parc, le sancerre sur le petit bureau et les pompons aux rideaux tirés.

Ils traversèrent pour marcher sur le trottoir à l'ombre, et il eut alors ce geste de protection, ses deux mains vers elle, comme si cette attention, ce réflexe paternel auraient suffi à la protéger d'un véhicule lancé rue Monsieur Le Prince, mais la rue était nue et les talons de ses mules lançaient des petits bruits de clous qui résonnaient trop fort et trop vite sur le trottoir brûlant.

Ils passèrent devant une épicerie, portes ouvertes sur la chaleur, les laitues effondrées et les bouteilles d'eau trop chères, elle s'arrêta soudain pour regarder, regarder les rouleaux de réglisse dans la petite boîte de carton au-dessus de la caisse. Et lui n'existait plus. Elle se tenait devant les réglisses poussiéreuses et ne sentait plus sa présence. Sentait seulement cela. Que c'était cela qu'elle aimait. Que c'était de cela qu'elle se nourrissait. Pour le goût. Pour le sucre. Pour l'effet bénéfique sur sa tension trop basse. Les petits rouleaux de réglisse qui ressemblaient aux escargots dans les dessins d'enfants. Elle se tenait dans sa robe froissée, ses cheveux emmêlés, humides encore de la fellation en apnée, et ne pensait qu'à ces réglisses au-dessus de la caisse.

Il mit la main à sa poche. Sortit la monnaie. Paya les rouleaux, tous les rouleaux, aussi naturellement que l'on paye un quotidien le pain du matin, geste simple et habituel, elle lui sourit, amusée et fière de cette compréhension, cette facilité avec laquelle il lui offrait des réglisses ; il pouvait ne garder d'elle que l'innocence et oublier le reste, il pouvait s'accorder à elle, passer du jardin sous la pluie à la chambre rococo, de ses aveux terribles aux réglisses anciennes.

Et déjà elle se sentait plus légère. Elle tenait le paquet de bonbons comme un petit sac qu'elle balançait au rythme de ses pas, un frêle déhanchement d'insouciance, et ses mules ne heurtaient plus le trottoir, tandis qu'elle souriait à la chambre qui les attendait, la chambre déjà connue, le dessus-de-lit froissé la salle de bains éclaboussée et le verre de vin blanc sur la moquette parme.

Ce qu'elle fit en premier, ce fut d'ouvrir. Ouvrir le lit. Ôter le dessus-de-lit vert, tirer le drap et découvrir le cœur de ce qui allait les accueillir. Ne plus faire l'amour au-dessus. Mais dedans. Et faire ce qui n'avait jamais été fait. Jamais comme ça. Jamais ici. Jamais ce jour-là. Et décider que ce serait, pour toujours, que ce serait quoi qu'il arrive, unique.

Elle se tenait debout, il la regardait, puisqu'elle avait des décisions, puisqu'elle choisissait, il la regardait. Elle avait eu, dans cette façon un peu brusque d'ôter le dessus-de-lit, de le jeter à terre, elle avait eu cet air qu'il connaissait, cette autorité naturelle qui impressionnait, et il comprit que cette autorité était une façon de se rassurer, il perçut, un si court instant, ce qui avait fait avancer cette femme, ce qui l'avait aidée à s'imposer, il la regardait et il la vit enfant, enfant elle devait avoir déjà cet entêtement, cette obstination, sa seule arme pour vivre. Malgré tout.

D'un geste familier elle balança une mule, puis l'autre, au hasard, ôta sa robe, son string, les laissa à terre, elle aimait qu'il l'observe, qu'il l'attende et qu'il s'abandonne à cette attente, ainsi il ne la protégeait plus, ne la regardait plus comme une femme trop pâle si fatiguée, mais comme celle qu'elle était aussi, au-delà de l'épuisement, au-delà de la détresse, une amante.

Elle se colla contre lui, son bassin contre son sexe, prit son cou dans ses mains et l'embrassa sans le laisser décider de quoi que ce soit, mais lui donna des coups brefs, répétitifs et forts, des coups de reins contre son ventre, il ne se laissait pas faire, il répondait, lui signifiait qu'après la douceur, après le jeu, ils pourraient enfin passer à des actes plus cruels.

Alors elle mordit ses lèvres, tenant plus fort ses cheveux dans ses doigts agités, il la souleva, la fit pivoter, la plaqua contre le mur et de nouveau cogna son bassin contre le sien, une simulation d'accouplement primaire, et son sexe bandait, prisonnier du pantalon, elle avait mal, immobilisée ainsi contre la toile de jute qui chauffait sa peau, mais lui ne s'en souciait pas, lui posa ses mains à plat sur son visage, sans cesser de répondre à ses morsures, ses mains à plat qui la défiguraient, la modelaient, et son sexe la cognait toujours, les boutons de sa braguette lui faisaient mal, il n'y avait pas d'échappatoire à cette douleur, elle tenta de dégager son visage pour respirer hors de cette étreinte, hors de la brûlure de son cul contre le mur, mais il la reprenait, la malmenait, elle décida de déboutonner sa chemise, de le déstabiliser un instant par cette nudité, mais alors qu'elle ébauchait ce geste vers lui, il écarta de force ses bras et les tint ainsi contre le mur, la crucifiant, la dominant, et tous deux cherchaient, dans ce début de combat, à évaluer le désir, et l'audace, et la force de l'autre. Elle rit car elle comprit, à la façon qu'il avait de tenir ses poignets, les ongles enfoncés dans la chair trop fine, à la façon qu'il avait de heurter son corps de géant contre sa maigreur, au plaisir qu'il prenait à la blesser, elle comprit qu'ils étaient à égalité. Elle en rit car il lui rendait sa force, lui signifiait qu'elle était une adversaire digne de lui, en cet instant il la désignait enfin comme sa partenaire.

Il la lâcha pour la regarder rire, ses bras retombèrent comme deux ailes après l'envol, elle se détacha un peu du mur et vit, pour la première fois dans son regard, une expression d'enfance. La surprise. La surprise heureuse et l'étonnement naïf. C'était une vraie lumière, un aveu, un don qu'il lui faisait. Sa part d'enfance.

Quelques secondes ils restèrent ainsi, leurs visages tout proches, leurs corps face à face, restèrent dans cette découverte, cette connaissance nouvelle, la jeunesse lointaine qu'ils ne montraient pas aux autres, les premières années de leur vie quand ils pensaient que la vie était vaste et faite pour eux et en manque d'eux, quand ils ne savaient pas encore que c'était l'inverse, la vie ne les attendait pas c'était à eux de lui courir après, sans jamais regarder en arrière, courir, lutter contre le vent contre la pluie courir, sur les pierres la folie et la haine courir, et arriver à cela, capter, cinquante ans après, un peu d'enfance dans le corps d'un inconnu.

Alors, sans la quitter du regard, un regard de défi heureux, il se déshabilla, se mordant les lèvres dans ce désir presque jovial, cette impatience de félin, savourant déjà cette partie sans scrupule qu'ils allaient maintenant jouer.

Elle retrouva l'animalité fabuleuse de son torse, retrouva l'abondance de son ventre, de ses cuisses, et son sexe tendu vers elle, comme échappé des poils blonds, comme surgi du fond de ses entrailles, cette partie de lui qui naissait et mourait, ressuscitait s'épuisait revenait, cette puissance fragile, elle rosit un peu dans le désir de ce sexe, il la vit cligner des yeux, vite, plusieurs fois, ses paupières désorientées, affolées, il n'osait pas lui dire que ses yeux lui plaisaient tellement, et le creux léger entre ses seins, son corsage pâle et offert, n'osait pas lui dire que la seule vue de ses mains le faisait bander.

Il la retourna. Elle était debout le front appuyé contre le mur, son cœur s'était emballé car elle ne savait pas comment il la prendrait et c'était ce qu'il voulait. Qu'elle ignore ce qu'il allait faire et qu'elle accepte cette ignorance, qu'elle lui offre sa confiance en lui offrant toutes les parties de son corps. Elle ferma les yeux et se dit, en elle-même, mais du plus profond du plus vrai du plus réel d'elle-même, se dit D'accord.

Et elle baissa la tête, plaqua ses deux paumes contre la toile de jute qui sentait la poussière, sentit sa queue se frotter sur le haut de son cul, l'endroit qu'elle aimait, près des fossettes au creux des reins, et sa verge était douce, un bienfait, une consolation après la brûlure du mur, sa verge se promenait lentement sur son cul et la sentir si proche, si puissante et si sûre d'elle, si maîtrisée si décidée, la sentir hors d'elle provoqua un manque et un plaisir, elle posa ses doigts sur son clitoris et lui se colla contre elle, la bouche contre ses cheveux, lui disant Oui Touche-toi, car cela le bouleversait et il se berça contre elle qui haletait maintenant, des plaintes furtives comme des pleurs, mais elle ne voulait pas la jouissance, elle ne voulait pas être soulagée, elle voulait partir avec lui.

Il avait passé ses bras autour d'elle et tenait dans ses mains ses seins si menus et gonflés de désir, ils vivaient dans ses paumes comme deux animaux à peine nés, encore chauds et étonnés.

Ils se bercèrent ainsi, envahis d'un plaisir commun, elle sentait son cœur battre contre son dos et sa queue avait perlé, un peu, à peine, mais il savait se retenir, cet homme-là savait danser, savait mener son corps entraîner une femme et bouger avec elle dans la musicalité profonde du plaisir, et le sol sous leurs pieds tremblait comme un volcan qui se réveille, un grondement lointain, une fureur sourde.

Il mordit son cou, fort, longtemps, et fit entrer sa verge dans son vagin. Elle regretta un instant qu'il n'ait pas osé plus, elle voulait avoir peur avec lui, elle voulait avoir mal avec lui, elle voulait lui donner ce qu'elle ne donnait jamais, et peut-être parce qu'il sentit sa déception, son besoin de violence, il la força à baisser les épaules, à se tenir presque cassée devant lui, et une main sur sa hanche, l'autre sur son épaule, fermes et autoritaires, il cogna en elle, furieux, puis vengeur, puis rageur, et plus il cognait plus il oubliait, oubliait les précautions, la délicatesse, la tendresse, oubliait le temps, le lieu, oubliait qui il était et ce qu'il faisait, cognait pour ouvrir d'autres portes, trouver d'autres issues, cognait avec l'énergie de celui qui n'a plus rien à perdre.

Elle haletait, non de plaisir, mais d'une sorte de panique heureuse, car elle avait décidé de le suivre, lui, comme un cheval lancé au galop et parti avant elle, elle haletait pour ne pas étouffer, ne pas mourir, brisée, transpercée, et son bassin lancé contre son cul ruisselait, il suait contre elle sans lui parler, sans la regarder, la tenant toujours pour se servir d'elle et ce besoin, cette nécessité qu'il avait d'elle à l'instant même où il semblait tout oublier la bouleversa car elle devenait l'unique, la seule à pouvoir lui donner, à cette minute précise, dans cet étouffement et cette exaltation, un peu d'égoïsme.

Et puis, ses mains la lâchèrent. Sa queue la quitta. Lentement, elle se redressa, son dos lui faisait mal, son front, son crâne, ses hanches étaient douloureux, et ses jambes tremblèrent un peu quand elle se tourna vers lui.

Son visage avait changé. Assombri. Voilé. Et son regard avait perdu ses pépites d'or, le bleu de ses yeux était percé de pointes marron, ses cheveux de fille collés par la transpiration, la mèche sur sa joue plus raide, et une goutte de sueur perlait à l'arête de son nez.

Il avait perdu sa part d'enfance. Il se tenait face à elle, et seul son sexe gonflé et tendu signifiait son désir, il venait de loin et tentait de se rapprocher d'elle avec l'envie qu'elle l'accompagne là où il avait dérivé, il s'était détaché d'elle pour venir la chercher, alors elle avança une main vers son visage, doucement la posa sur la goutte de sueur à l'arête de son nez, avec une tendresse infinie ses doigts au bord de ses yeux, au creux de sa joue, et il eut un petit mouvement de tête, ferma les yeux appuya plus fort son visage dans sa paume, alors elle posa l'autre main aussi, pour qu'il s'y repose, et les paupières abandonnées, les cils blonds baissés disaient sa confiance et sa fatigue. Pour la première fois, et sans dire, sans raconter sans expliquer, il donnait sa fatigue, elle ignorait qu'elle avait encore assez de vie en elle pour porter la lassitude d'un homme, même un instant, même un peu, au creux de ses mains. Et quand elle l'embrassa, posa à peine ses lèvres sur les siennes, son baiser avait la douceur et la précaution des élans rituels, le début de la consolation.

Et pour la première fois elle le prit dans ses bras.

Le visage caché dans son cou, ses poils mouillés contre sa peau lisse, il était dans ses bras.

Elle se jura de ne pas pleurer, de résister de retenir tout ce qui voulait céder en elle, tout ce qui pourrait lâcher et submerger le monde, ne pas hurler d'étonnement et de fureur devant ce que cet homme lui rendait sans le savoir, sans le savoir il lui rendait sa dignité elle qui avait failli mourir par la haine. Elle qui n'avait pas signé. Elle qui avait accepté des mois de torture. Elle qui avait entendu les insultes, les menaces, les prières. Elle qui avait vu les yeux de l'homme épousé affreusement agrandis par la psychose.

Elle caressa son dos, les grains de beauté, les poils encore, et, par instants, la peau nue, exposée. Ils osaient se taire et se tenir immobiles, ils osaient être nus et ne pas faire l'amour, ils osaient être ensemble.

Et la pluie s'imposa de nouveau, dans cette après-midi désorganisée où le ciel ne savait plus et reprenait l'été pour offrir l'automne, retenait le soleil pour ternir la lumière ; la pluie de nouveau heurtait les carreaux, alors elle se détacha de lui, quitta son dos immense, son cou et sa sueur, lui prit la main pour l'emmener avec elle au creux du lit.

Ils restèrent silencieux, allongés l'un contre l'autre, elle, sa main tenant son poignet, lui, la main posée sur sa cuisse, l'un contre l'autre sans s'autoriser plus que ces signes de présence, de prudence et de respect.

Car maintenant ils avaient le temps. Implicitement ils le savaient. Le pacte n'était plus seulement de jouir et de faire jouir, le pacte était d'oser prendre le temps, avec le risque qu'il ne se passe rien, rien de ce qui peut être prévu. La parole ou le silence. La violence ou la précaution. L'emportement ou le repos.

Il lui demanda où étaient ses enfants.

Elle regardait le plafond blanc, le plafond haut au lustre de faux cristal, est-ce que les chambres ici étaient toutes les mêmes, exactement les mêmes, mêmes plafonds mêmes dimensions mêmes lits mêmes Napoléon, est-ce qu'ils vivaient tous exactement pareil les uns au-dessus des autres, avec seulement des corps différents, des rires et des larmes différentes, mais les mêmes jeunesses cabossées, les couples éphémères les méprises les soumissions, les parents oubliés les enfants malmenés, et la pluie aux carreaux.

Chez leur père. Jusqu'à la fin du mois. Et toi, tu as une fille, non, je me souviens que tu avais une fille ?

Et puis ils se turent. Ils avaient tenté mais ils ne voulaient pas. Ne voulaient pas que la vie extérieure vienne abîmer le temps passé dans la chambre, cette incursion violente ce dérapage, ils n'en voulaient plus.

Elle vint sur lui, se posa sur lui comme sur un rocher, son corps minuscule sur sa générosité à lui, sa légèreté sur sa pesanteur, sa pâleur sur sa noirceur, et elle voulait son regard, il lui manquait soudain ce regard évité depuis cinq ans, toutes ces années passées à s'éloigner, il lui manquait le bleu de ses yeux qui venait de tous les temps, la souffrance et le rire des hommes avant lui, les hommes du Nord à l'abri dans son regard, cet hommage à ceux-là venus avant lui et qui vivaient grâce à ce regard, ce regard qui lui manquait déjà.

Alors elle y plongea. Sérieuse. Émue et reconnaissante, car il lui offrait. Il gardait les yeux ouverts sans gêne et sans étonnement, attentif, plein de calme, et ses yeux avaient la clarté de la sincérité.

Il était calme et vrai. Il était au-dessous d'elle comme une île chaude. Il était celui qui l'avait retournée et tenue et cognée et voulue et désirée celui qui avait demandé Où sont tes enfants ? avec une voix prudente un accent timide, Où sont tes enfants ? celui qui avait accepté la neutralité et la brièveté de sa réponse.

Ils sont en moi. Quoi qu'on leur fasse. Où qu'ils aillent. Quels que soient les rencontres les hasards et les chutes. Ils sont en moi. Ils sont ceux à qui je dis chaque jour Je suis là Ne t'en fais pas. Ils sont ceux que j'attends.

Elle pensait cela en regardant ses yeux, une énigme l'invitation au voyage, partir, partir là où plus rien n'a de poids là où le désordre est un bienfait le plaisir une vérité et l'indifférence un péché.

Et elle sentit l'île chaude se soulever, le ventre sous son ventre trembler, et sans la quitter sans se détacher d'elle il la renversa sur le dos, de nouveau il était sur elle, mais grave les lèvres closes le regard plus dur, une petite solennité dans le bleu de ses yeux, alors son cœur battit plus fort, qui lui disait en premier l'émotion à venir, ses cuisses frissonnèrent, l'impatience galopait en elle son corps se réveillait sous sa peau la vie reprenait.

Il se laissa glisser le long de son corps, il se retirait d'elle pour mieux l'atteindre, elle ne voulait pas qu'il s'éloigne, elle ne voulait pas perdre son regard la puissance de son cou de ses épaules au-dessus d'elle, elle avait peur d'avoir froid sans lui mais elle aimait déjà ce qu'il allait faire, elle savait qu'il allait se rapprocher de sa vérité, découvrir son cœur son centre et sa vie, connaître son sexe comme elle ne le connaîtrait jamais, et sentir son odeur comme elle ne la sentirait jamais, et boire ce dont elle ignorait le goût, et respirer là où elle ne plongerait jamais.

Et déjà elle fermait les yeux, l'aile de son nez eut ce petit tic d'impatience, elle posa son avant-bras sur son visage, comme une qui veut se protéger, elle était à bout avant qu'il ne commence, la promesse de ce qu'il allait faire l'énervait, elle se mordit les lèvres car déjà elle gémissait, des petits cris de détresse, il avait posé son visage au creux de ses cuisses sans cesser de la regarder mais elle ne le savait pas. Elle ne savait pas qu'il allait l'aspirer la lécher la sucer la mordiller l'écarter la mouiller l'embrasser sans jamais cesser de la regarder, voir comment, plus il la comblerait plus elle l'oublierait, plus il lui donnerait un plaisir infini, d'une infinie douceur, d'une incroyable profondeur, plus elle l'oublierait, ne pensant qu'à elle, car en la léchant il la rendait seule unie et entière, elle redevenait elle, il la rassemblait, la rassurait la reconstituait, c'était un plaisir qui courait de son corps à son corps, de son sexe à son âme, et elle jouissait d'elle-même, jouissait de sa propre jouissance, jouissait d'être femme, et c'est pourquoi il la regardait. Pour ne pas la perdre tout à fait.

Cela dura longtemps car il aimait tant la voir prendre vie sous sa bouche, la transformation, l'éclat sous sa bouche, elle était souple, délivrée, et son corps se soulevait, une vague lente au rythme apaisé et lourd qu'accompagnaient ses gémissements profonds, graves maintenant, une voix qu'il ne lui connaissait pas, douce et épaisse, une voix de femme en chair, on aurait dit qu'elle jouissait en dormant, un endormissement qui délivrait des plaintes apaisées, et son bassin se soulevait et retombait, se soulevait vers le ciel et remerciait la terre, elle tenait maintenant la tête de l'homme dans ses deux paumes ouvertes, un visage entre ses cuisses le début du monde l'émerveillement le surgissement premier c'est pourquoi les mots des prières s'échappaient de sa gorge Mon Dieu Mon Dieu Mon Dieu, parce qu'il se passait autre chose que la vie ici-bas, il se passait l'incompréhensible le plaisir absolu l'envol et le mystère il se passait le détachement et l'accord le dépassement et l'harmonie, et elle jouit si fort si violemment son corps cabré son cou renversé ses mains arrachées au crâne de l'homme accrochées aux draps défaits, jouit comme on se blesse comme on lutte comme on survit dans un cri.

Elle haletait, essoufflée surprise et perdue, tentait de retrouver une respiration et un apaisement, tentait de rejoindre l'homme sur la rive où il l'attendait, mais elle avait besoin de temps, du temps pour oser ouvrir les yeux, recevoir le choc de la chambre, la table, les rideaux, le lustre, recevoir la réalité de la chambre avec les heures et le bruit du monde tout autour, ouvrir les yeux et accepter, après l'offrande, l'incroyable voyage, d'être avec les autres. Comme les autres.

Peut-être.

Il comprenait cela, alors il se coucha à ses côtés, tourné vers elle, la tête dans sa main il la regardait encore pour qu'elle ne voie de la chambre ni la table ni les rideaux ni le lustre ni les heures, mais seulement son attente et son désir d'elle.

Il posa une main sur son front, elle semblait souffrir dans cet effort pour revenir, ce déchirement soudain, c'est pourquoi il voulait l'apaiser, poser sur son front un peu de quiétude, et elle, les yeux toujours clos la respiration encore désordonnée se tourna brusquement vers lui, la tête baissée les jambes repliées se colla à lui, il passa ses bras autour d'elle, embrassa doucement ses cheveux, la caressa à peine, des petits frôlements timides, c'était la première fois qu'elle se réfugiait contre lui mais il savait qu'il ne pourrait jamais la consoler.

III

Mais elle n'attendait pas la consolation. Elle avait choisi le pire pour ses enfants, elle avait choisi le père, libre, libre et dément et il n'y aurait aucune clémence pour elle ici-bas, rien ne rattraperait l'ignominie, et autour du gouffre dans lequel elle les avait précipités, autour de ce vide, il y avait l'ennui.

Mais elle n'attendait pas le divertissement.

Elle se détacha de lui, passa une main sur ses paupières, pour qu'elles s'abandonnent, encore et encore, geste inutile, répété, elle passa sa langue sur la sienne pour goûter l'âcreté de son sexe et qu'ils soient liés par lui et confondus par lui de haut en bas par la bouche les muqueuses la peau les poils les cheveux infiniment mariés, pourquoi avait-elle donné rendez-vous à cet homme pourquoi celui-là plutôt qu'un autre, plutôt que tous les autres qui appelaient maintenant la croyant libre mais libre de quoi mais libre de qui, pourquoi avait-elle donné rendez-vous à celui-là, l'éternel oublié, le toujours ignoré, cet homme sans illusions mais capable de fatigue et d'enfance ?

Capable de présence.
Capable de jouissance.
Coupable.

Il lui suffit d'une ébauche, un bref élan de sa main pour qu'il comprenne et bascule sur le dos et descende un peu sur le lit, et alors elle vint sur lui, son sexe trempé sur son torse, elle posa son sein dans sa bouche et il la téta doucement, il était sous elle comme sous la louve et il se nourrissait de sa chair, elle alternait un sein après l'autre car tous deux étaient douloureux et ne vivaient que dans ces instants où sa bouche obéissante les accueillait, son cœur battait sous son sexe et plus il mangeait ses seins plus elle mouillait sa peau plus son cœur battait vite, elle aimait qu'il n'ose rien d'autre qu'il ne réponde qu'à la demande de sa poitrine car tout le reste de son corps était alors abandonné, une insupportable jachère qui rendait plus aigu encore le plaisir, et elle savait qu'il se retenait de l'attraper par les hanches pour l'asseoir sur lui et la pénétrer, elle savait que chaque plaisir en appelait un autre, que chaque contentement nourrissait le manque, et elle l'aimait de respecter l'inassouvi, de renoncer à la possession, ainsi il n'y aurait ni perdant ni gagnant, ni créance ni vol.

Et nul remerciement.

Son cœur à elle battait dans le vide et sa tête reposait sur le drap blanc, et alors elle entendit une femme gémir, une autre femme qu'elle couler lentement dans le plaisir, une plainte ensorcelée, longue, dansante, presque les notes d'une flûte, une seule note respirée, soufflée, elle s'immobilisa un instant, prise par cette musique un peu triste, écouta encore et comprit que ces gémissements envoûtés ce n'était que le vent.

Dehors il y avait du vent.
Dehors la pluie valsait dans le vent.
Dehors les marronniers du Luxembourg.
Le bassin ridé.
Les statues qui ne frissonnent jamais.
Les grilles aux pointes menaçantes.
Et le Sénat comme un tombeau.

Mieux valait oublier les plaintes du vent et l'indifférence des statues.

Elle quitta le torse de l'homme. Elle quitta son cœur. Elle quitta sa bouche. Se laissa glisser lentement sur le ventre, jambes et bras écartés. Muette. Immobile.

Il hésita un instant.

Il n'osait pas la caresser car il savait ce qu'elle attendait, et que rien ne devait la distraire de cet acte-là, ni préambule ni latence, son immobilité et son silence disaient plus que les mots et les suppliques, son corps inerte hurlait. Sa bouche close hurlait. Sa soumission suppliait.

Et alors il le fit. Sans violence. Le fit avec une douceur une évidence une assurance, comme s'il la connaissait déjà et savait que cela leur serait bon à tous deux, s'enivrant de la certitude que lui seul la sodomisait en lui offrant la sensation d'être tendre à l'intérieur, en velours à l'intérieur, la sensation qu'elle était précieuse et fragile et forte et chaude, et très vite il fut pris dans le délice de cet acte secret, le délice de la vue de sa queue entre ses fesses, alors il commença à bouger pour lui seul mais étranger à lui-même, il s'égarait et elle jouissait de la facilité avec laquelle cela se faisait, l'orgueil incomparable de donner à cet homme ce que toutes les femmes ne donnaient pas, il était excité en elle mais dissimulé, avait-il fermé les yeux ou lançait-il des éclats de bleu dans son dos, l'avait-elle étonné, pouvait-il encore être surpris et provoqué par une femme ?

Elle l'entendit râler, des râles si légers, si clairs, si ténus, en opposition avec cet acte cru, des râles aériens, comme échappés par erreur d'un corps minuscule, et elle réalisa avec quelle délicatesse il ne pesait pas de tout son poids sur elle, avec quelle délicatesse il la sodomisait sans la blesser, et comme il savait être là même emporté, être là même exilé, il éjacula dans un chant presque féminin, quelques éclats de désespoir ébloui.

Puis il la quitta lentement, se retira d'elle le corps penché, la tête baissée, on aurait dit qu'il la saluait, saluait sa connaissance des hommes, son besoin des hommes, sa générosité et sa sensualité.

Et c'était lui maintenant qui était seul à la salle de bains, c'était lui qui mêlait aux gestes du plaisir ceux de l'hygiène, cette effroyable distance entre le don et la méfiance, entre la licence et la précaution.

Elle demeurait allongée sur le ventre, la tête lui tournait un peu et elle avait soif, elle aurait voulu dormir maintenant mais elle n'était pas sûre qu'il ne prenne son sommeil pour une reddition et elle avait si peur de s'éveiller seule dans la chambre rococo caressée par le vent, elle avait si peur car à chaque endormissement succédait un réveil oppressé qui lui faisait ouvrir subitement les yeux, comme on les écarquille devant l'horreur, et cette horreur qu'elle avait regardée en face lui avait brûlé les paupières. Chaque réveil venait directement de cette nuit de glace, la nuit des soupçons et du premier délire quand il lui disait Tu as demandé aux enfants de m'empoisonner tu veux me tuer tu veux que je meure par mes enfants tu veux ma mort ma mort ma mort tu veux ma mort ! Et parfois il tombait à genoux, tremblant, humide et convulsif, les bras autour de ses jambes comme des araignées géantes, suppliant pour qu'elle reste pour qu'elle l'emmène et elle demeurait figée de dégoût et de honte, et elle ne tenait debout que par ce saisissement de toute son âme, cet effarement, et c'est pourquoi elle craignait le sommeil, pour chaque réveil oppressé.

Elle prit un oreiller contre elle pour se bercer lentement, elle écoutait l'homme dans la salle de bains, les bruits de l'eau, les coups contre la baignoire, que faisait-il si loin d'elle, comment peut-on vivre si violemment séparés après tant de plaisir, comment peut-on épouser une femme et la haïr, comment peut-on être morte et respirer, elle se leva vite, trop vite, elle avait oublié de décomposer le mouvement et fut prise de vertiges, elle devait attendre un peu, assise au bord du lit, que la tension s'apaise, que le sang batte plus régulier en elle, mais alors qu'elle demeurait ainsi la tête enfouie dans l'oreiller, elle sentit le corps de l'homme à ses côtés, sentit sa cuisse contre la sienne, son épaule contre son épaule, pourquoi tant de fatigue soudain, elle qui avait été sa partenaire, son amante et son égale ?

Il passa un doigt, lentement, le long de son bras nu, juste un doigt, une empreinte le long de sa maigreur.

La première fois que je t'ai vue.

Il dit cela. Et puis se racla la gorge. Sa voix était enrouée, plus âgée que lui, et instinctivement, elle bloqua sa respiration. Puisqu'il allait parler. Puisqu'elle n'avait pas la force de lui demander de se taire, pas la force de lever la main pour lui faire comprendre qu'elle ne voulait pas entendre tout ce à quoi elle ressemblait et n'était pas, tout ce qu'on attendait d'elle pour demeurer sans surprise, elle tourna le visage vers lui, passionnant cette méconnaissance des uns et des autres, cet aveuglement salutaire, et lui hésita, il souriait pourtant, ses lèvres fines, si tendres, et puis un bref regard à la perle et la croix, bien sûr la perle et la croix !

L'argent et la religion.
La position sociale et les certitudes.

Il vit le mépris dans ses yeux. L'attente hautaine et la rage des incompris, et il sut que sur un mot, un éclat de rire une incompréhension, elle partirait. Sans se retourner, elle partirait. Avec l'orgueil des rescapés, l'orgueil des réchappés qui n'ont plus le temps des regrets.

Alors, de nouveau, il passa lentement un doigt le long de son bras nu et baisa son épaule car il avait envie de s'incliner, de s'abandonner et de la garder.

Il resta ainsi, son front contre son épaule, les yeux clos contre sa peau et elle lui demanda s'il entendait le vent, Tu entends ce vent, lui dit-elle, on se croirait au bord de la mer on croirait entendre la mer se rapprocher de la digue la mer se coucher sous nos fenêtres, j'aime entendre ce vent est-ce que tu l'aimes aussi, tout à l'heure j'ai cru qu'une femme faisait l'amour mais c'était lui c'était le vent.

Il entendait le vent. Il entendait sa voix la résonance de sa voix si proche différente, l'intérieur de cette femme les échos les profondeurs, et quand elle lui dit J'ai soif, il sentit sa soif plus que ses mots, sentit l'aridité de sa gorge la vérité de sa bouche, J'ai soif J'ai faim J'ai sommeil J'ai peur, les mots de toute une vie, les partager avec quelqu'un… les partager avec quelqu'un sans crainte de l'erreur…

Il ramassa le verre de vin échoué sur la moquette parme, l'essuya sans honte avec le drap, y versa du sancerre et le lui tendit, elle était son invitée, sa conviée, le vin était trop chaud, elle le but lentement, par petits coups et il la regardait boire sans plaisir cet alcool oublié, le mauvais alcool d'un bar d'hôtel une après-midi improvisée, il la regardait et elle lui demanda d'où lui venait la couleur de ses yeux, où est-ce qu'il était né – elle espérait le Nord, parce qu'elle ne connaissait pas le Nord, elle espérait les pays d'avant, les terres de guerre et de survie, mais il lui dit qu'il était né à Paris. À Barbès. Et aussi que son grand-père, chez qui il était né, chez qui il avait grandi, était livreur de cordes. Alors, enfant, il connaissait comme personne les salles de catch et les cirques avec l'immense fierté enfantine que c'était grâce à son grand-père si les chapiteaux s'élevaient sur les terrains vagues aux abords des villes pour que les mômes lèvent les yeux vers le ciel, les trapézistes et les cracheurs de feu.

Tu me plais.

Il dit cela. Après les trapézistes et les cracheurs de feu. Grâce aux trapézistes et aux cracheurs de feu.

Tu me plais.

Elle écoutait le monde le vent du monde derrière la vitre elle savait ce que ce vent disait ce qui attendait les hommes et les femmes dans les rues les passages les îles et les ponts, elle n'avait pas la force de lui confier tout ce qu'elle savait, pas l'envie qu'il sache comme elle était âgée expérimentée trop expérimentée et lourde malgré sa maigreur et aphone malgré ses cris et si loin sitôt la jouissance épuisée.

Ouvre la fenêtre.

Il hésita, dehors le vent dominait les rues, les arbres, la pluie et les passants, Paris se courbait sous ce courant violent, d'un petit mouvement de tête elle insista, l'encouragea à le faire, alors il ouvrit la fenêtre et le vent pénétra dans la chambre comme un voisin sans gêne, avec une curiosité et un aplomb affirmés.

Et il resta debout, nu, face au vent, face à la solennité du Luxembourg, il savait, oh ! comme il savait lui aussi tout ce qui les attendait dehors, tout ce qu'ils avaient tenté d'oublier, cinquante ans de vie derrière eux, les alliances les contrats les liens à moitié morts les espérances acharnées, cette façon de tenir la barre parce qu'on leur avait dit, dit et répété qu'il fallait se débrouiller grandir toujours grandir garder le cap en tenir le plus possible dans ses mains ne lâcher sous aucun prétexte y croire toujours y croire et sourire sur la photo la photo du souvenir.

Et parce qu'il savait cela lui aussi elle se leva pour partager avec lui cet air du dehors, mais elle se plaqua contre son dos, la tête contre son épaule, les bras autour de sa taille, et goûta l'illusion de cette protection.

Que voyait-il cet homme ainsi exposé, cet homme derrière lequel elle se cachait, au-delà du Luxembourg Parc un flic tient son képi un flic comme un jouet d'enfant sa petite guérite rouge et bleue au-dessus de lui le ciel est noir on se croirait à l'automne quand on a envie d'acheter des cahiers et des crayons bien taillés, que sent-il cet homme debout et fier comme à l'avant d'une barque, sent-il la pluie claquée par le vent, et ses seins contre sa peau et ses cils qui battent un peu, sent-il qu'il est nu devant et chaud dans son dos, avec elle dans son dos, Pose tes mains sur mon sexe, dit-il, Prends-le dans tes mains, et comme s'il suivait ses pensées il lui demanda ce qu'elle voyait, mais elle ne pouvait lui dire que les yeux fermés elle voyait toujours la même chose, la psychose et la haine toujours, la haine, morsure empoisonnée, elle ne pouvait lui dire que les yeux fermés elle entendait l'insupportable silence, depuis dix-huit jours le silence de ses enfants loin d'elle, ce silence qui envahissait sa vie comme une tache qui s'étale et ronge.

Alors elle lui dit Je vois le jardin de mon père, sur les hauteurs de Nice, je vois toujours la même chose quand je pense au jardin de mon père, je vois cet oiseau en vol plané et qui s'en va vers la mer, quitte la colline et s'en va, mais calme, lent, seul et muet, comme un oiseau dessiné.

Elle sentit son dos, son dos immense se soulever sous le poids d'une inspiration profonde, un élan intérieur et il lui dit, très bas, si bas qu'elle fut étonnée de l'entendre, lui dit Ne pars pas à cause de ce que je vais te demander, ne fuis pas à cause de ce que je veux que tu dises, je veux que tu te souviennes, que tu oses te souvenir de ce qui fut. Tout ce qui fut bon et vrai et beau et sincère, avec cet homme.

Et comme elle tentait de fuir, et comme il s'y attendait, il fut plus prompt qu'elle et la retint, saisit ses bras, elle était prisonnière derrière lui et son cœur battait en désordre, résonnait dans ses tempes, résonnait dans la chambre, cognait aux grilles d'en face, mais il la tenait avec une force qui signifiait que rien ne le ferait renoncer et qu'elle ne sortirait pas indemne de la chambre.

Elle relâcha ses bras, la tension de son corps, mais lui se méfiait toujours et la tenait de toute sa volonté, de tout son entêtement, la tenait derrière lui car il savait que face à lui elle ne parlerait pas.

Elle ne voulait pas pleurer, ne voulait pas abandonner cette vaillance ce courage par lesquels elle avait survécu grâce auxquels elle avait fui, elle ne voulait pas s'évanouir et alors elle comprit que s'il la tenait si fermement ce n'était pas seulement pour éviter sa fuite, mais aussi pour prévenir sa chute.

Tu peux pleurer dans mon dos tu peux renifler et gémir et hurler dans mon dos mais tu dois aussi te souvenir.

Mais comme elle se taisait. Mais comme elle ne pleurait pas. Mais comme elle était sans chair et sans vie derrière lui. Mais comme il ne sentait pas même ses cils contre sa peau, il dit très bas, si bas qu'elle fut étonnée de l'entendre, lui dit La première fois que tu l'as vu…

Mais elle pensait à son dernier regard quand la psychose l'agrandissait à la façon de ces clichés sépia qui illustrent les études des hommes et des femmes saisis par la folie.

La première fois…

Mais elle pensait à ses enfants, cet avion qui avait décollé avec eux, la petite pancarte à leur cou « Enfants non accompagnés », elle qui avait juré de les accompagner partout, et s'ils ne s'étaient pas retournés, pas même un petit signe de la main derrière la vitre de la salle d'embarquement…

La première fois…

Elle cogna son front contre son dos. Elle aurait préféré parler allongée sous le drap blanc, recroquevillée sous le drap blanc, elle avait mal aux poignets, elle avait froid aux pieds, elle était si fatiguée, sûrement sous le drap blanc cela aurait été plus simple, elle avait l'impression d'être dehors, nue dehors, nue au vent, à la pluie, à la noirceur du ciel, nue au cœur de la ville…

La première fois…

Elle pleurait et ne voulait pas pleurer, elle se souvenait et ne voulait pas se souvenir.

Pour me dire des mots d'amour il me vouvoyait, seulement dans ces moments-là il me vouvoyait il disait Je vous aime Vous êtes si belle Vous me troublez tellement, et c'était comme être au-dessus de tous les autres, tous les autres amoureux avec leurs mots usés, toutes les histoires d'amour déjà terminées, Je vous aime, c'était comme si j'étais toutes les femmes, toutes les femmes pour lui seul à travers moi.

Le premier bouquet de fleurs qu'il m'a offert était si laid et j'avais tellement aimé cela ce signe qui avouait qu'il n'avait pas l'habitude d'offrir des fleurs et que j'étais sûrement la première et puis nous nous sommes mariés et il m'en a acheté chaque dimanche, des fleurs de plus en plus belles, des bouquets qu'il composait lui-même jusqu'au dernier bouquet que je n'ai pas ouvert et qu'il a mis lui-même dans le vase et qui s'est fané et qu'il a mis lui-même à la poubelle.

Il aimait que je chante parce que je chante… parce que je chantais tout le temps parce que mon père m'a transmis un nombre incalculable de chansons dont la plupart sont idiotes et quelques-unes d'une poésie bouleversante et naïve comme celles qui parlent des marins, des balades au bord de l'eau et des bals du 14 juillet mais notre préférée c'était *Le petit bonheur* c'est un petit bonheur que j'avais ramassé…

Les premières années nous avions si peu d'argent si peu pour nous offrir ce dont nous rêvions pour surprendre l'autre l'amuser le combler le parer, alors nous inventions nos cadeaux nos voyages et nos bijoux tous les présents jamais offerts nous nous les racontions à voix basse avec des rires de conspirateurs nos mensonges fabuleux nos armoires pleines nos valises légères nous avons fait le tour du monde tant de fois le tour du monde.

J'ai accompagné avec lui son père dans la mort veillé jour et nuit pendant cette semaine terrifiante de Pâques où nous étions si proches et il avait tant de peine, jour et nuit sans le quitter jusqu'au dernier soupir et je pensais que par cet acte-là, plus encore que la mise au monde de nos enfants, que par cet acte-là nous étions unis à jamais, par-delà l'amour et la mort de l'amour.

Car nous avons été ensemble. Dans des églises. Des hôpitaux. Des villes étrangères des hôtels des plages des cimetières des bateaux des avions et des trains. Nous avons appris la trahison et le pardon. La déchirure et la réconciliation. Nous avons eu des rêves, nous avons été déraisonnables et différents, et je croyais que nous avions inventé une vie, dessiné une histoire, mais nous n'avons rien fait qu'arriver au rendez-vous. Au rendez-vous terrible de la haine.

Soudain la pluie redoubla, elle galopait, vidait la ville et prenait la place de la lumière et prenait la place de l'été, il n'y avait plus au cœur de Paris que sa présence, un roulement de tambour pour accompagner son orgueil de vainqueur.

Il referma la fenêtre et se tourna vers elle, trempé, le visage plein d'embruns, il semblait revenir de voyage, il y avait dans ses yeux des paysages qu'elle ignorait, il essuya son visage et son torse avec le drap blanc, ce drap froissé sali d'amour et de vin, ce drap qui avait vécu avec eux et ne se souviendrait de rien, bientôt ils rendraient la clef qui n'ouvrait qu'une porte provisoire, offrait des étreintes éphémères et quelques nuits parisiennes aux touristes américains.

Sans même lui demander elle mit sa chemise bleue, sans fermer toutefois les boutons de nacre elle mit sa chemise pour que la chambre leur soit plus personnelle, leur duo moins convenu, elle aurait aimé lui faire du thé, elle aurait aimé lui demander s'il prenait du sucre et lui tendre la tasse allumer peut-être une cigarette, partager avec lui un instant banal tissé de tendresses quotidiennes.

Et il se coucha. Se coucha pour dormir, rassuré peut-être qu'elle ait mis sa chemise, assuré peut-être qu'ainsi elle ne partirait pas, il cala mieux l'oreiller sous sa tête, un bras replié sous lui, et alors qu'elle pensait qu'il avait besoin de solitude, il tendit l'autre bras vers elle, une main offerte, ouverte, comme une invitation à la valse, elle hésita un peu, son bras lancé vers elle était beau, ce geste la conviait plus intimement que les mots, voulait-il qu'elle partage cela avec lui, cet acte sacré, l'écrin des rêves, voulait-il qu'elle partage son sommeil ?

Sans cet élan superbe de son bras, elle aurait refusé. S'il avait parlé elle aurait refusé. S'il avait eu un simple mouvement de tête, un haussement de sourcils, elle aurait refusé. Mais il avait lancé son bras, tendu sa main souple et elle s'était sentie oiseau, plume légère, cette main s'était posée sur elle sans la toucher, cette main l'avait tenue sans le savoir.

Bien sûr sans cette galanterie, cette distinction de sa main, elle aurait refusé par crainte du sommeil, par appréhension du réveil, mais elle décida d'oser, fermer les yeux et couler peut-être vers ses obsessions, retrouver les démons de ses nuits, marcher sur un fil, traverser l'océan.

Elle n'ôta pas la chemise bleue. Elle se glissa à ses côtés avec la sensation si émouvante de le rejoindre, de venir de loin pour le rejoindre, venir d'une journée sans lui une journée de bruit de travail une journée qui n'avait été supportable qui n'avait été supportée que par cette promesse du sommeil partagé.

Elle se glissa à ses côtés et trouva immédiatement sa place contre lui, comme si depuis longtemps leurs corps savaient, comment se tenir, se loger l'un contre l'autre, s'installer pour les longues heures du repos et du silence, l'intimité profonde d'une nuit, dans la chaleur dans l'odeur dans les bruits de l'autre corps, corps abandonnés sans pudeur sans maquillage sans bienséance corps enfantins innocence de la nuit.

Elle se glissa à ses côtés, il avait les yeux fermés, le visage légèrement basculé en arrière, plus jeune, plus apaisé encore que dans le plaisir, il ne cherchait rien, il n'allait nulle part, il s'installait au contraire, dans l'immobilité la douceur neutre, la chambre avait perdu ses couleurs vertes et ses pompons, la chambre s'accordait à leur repos elle aurait pu accueillir le chant d'un piano, un animal familier, elle aurait pu afficher leurs photos supporter leurs souvenirs, elle leur appartenait un peu maintenant, maintenant qu'ils n'y faisaient plus rien.

Il avait les yeux fermés le visage légèrement basculé en arrière, mais il ne dormait pas et il lui demanda, d'une voix timide, comme s'il l'abordait pour la première fois, lui demanda s'il pouvait toucher ses cheveux. Elle dit Oui. Elle dit Oui Tu peux faire tout ce que tu veux. Alors il prit ses cheveux dans sa main, sans les caresser, sans les tirer, simplement un froissement continu de ses doigts, lent, rythmé, compulsif, un petit bruit de soie, et son souffle s'accorda à ce geste, son souffle régulier et profond il respirait comme un enfant qui a fini de pleurer. Ils restèrent ainsi dans l'apaisement, le voyage immobile, et elle, sans y penser, sans le vouloir, approcha sa main de sa joue et passa l'index au bord de son oreille, un mouvement minuscule, une caresse de quelques millimètres et son doigt allait et venait sans s'arrêter allait et venait contre son oreille, elle ne savait pas qu'il entendait un bruit furieux, un roulement de rocher, elle ne savait pas qu'elle lui faisait entendre la mer.

Elle ne savait pas car elle pensait ce geste silencieux, infime, une habitude qu'elle avait petite, chaque soir pour s'endormir l'oreiller caressé par son doigt, elle ne savait pas car elle avait oublié cette manie, jamais retenue, jamais répétée jusqu'alors.

Et elle osa fermer les yeux. Puisqu'ils ne dormaient pas. Puisque leurs doigts vivaient encore. Puisque leurs mains veillaient.

Puisqu'ils étaient innocents.

Et contre elle, il sentait la pluie.

Il sentait la pluie car il était comme la terre, malléable, ouvert, il était fait de l'air et du vent, du temps et du mystère du temps, et elle comprit que l'abondance de son corps, la démesure de son corps venait de tout ce qu'il avait reçu, tout ce qui se lançait contre lui sans s'y heurter jamais. Tout ce qui le pénétrait.

Elle ferma les yeux et décida, pour chasser les démons, de suivre son odeur de pluie, de marcher de nouveau avec elle, de la place Saint Sulpice au Luxembourg, du Luxembourg à l'hôtel, de l'hôtel à la fenêtre ouverte.

La pluie rue Bonaparte et les ouvriers face à La Procure

La pluie sur les chaises en fer dans ce parfum de sable et de rouille

La pluie sur les pierres des statues sur la peinture écaillée des bancs sur les flics muets sur les rendez-vous de Paris, tous les rendez-vous du 18 août maintenus malgré la pluie, ces hommes et ces femmes déçus surpris bouleversés, hommes et femmes pressés affamés en besoin d'amour en demande d'amour en appréhension de l'amour Plus jamais ça cette souffrance Plus jamais je le jure se brûler les ailes se broyer le cœur Plus jamais, Ce n'est pas grave de souffrir puisque tout le monde le fait, les vers des poètes infiniment répétés malmenés, Ce n'est pas grave de souffrir Ce n'est pas grave de dormir il faut dormir et manger il faut vivre en attendant l'avion du retour les enfants non accompagnés les innocents sacrifiés Ce n'est pas grave si l'homme sur la croix le prophète fou le mendiant révolté a hurlé crucifié hurlé le manque d'amour du peuple de son père Ce n'est pas grave d'oublier les paroles des prophètes les promesses des époux et les serments aux enfants Ce n'est pas grave de souffrir puisque tout le monde le fait.

Tout le monde le fait.

Et elle aussi. Comme les autres. Elle aussi, un jour, avait rompu sa promesse, elle aussi avait dit à l'homme qui l'avait connue tant et tant de nuits, l'homme qui l'avait choisie et demandée et épousée et rendue mère femme parmi les femmes, lui avait dit les mots définitifs les mots du malheur et du désamour lui avait dit Tout est fini.

Et ces mots avaient brûlé l'homme épousé, ces mots avaient fait exploser la maladie contenue la paranoïa lâchée comme une chienne enragée, tout est fini, tout est fini, tout est fini, tout est fini, tout est fini, et l'enfer avait surgi dans sa vie étale propre vide et désespérée, et par le feu de l'enfer elle s'était réveillée et par les braises sous ses pieds elle avait couru, un enfant dans chaque main, couru, couru vers l'ailleurs l'inconnu le salut couru.

La respiration de l'homme était ample, accordée à la démesure de son corps. Il était vaste. Et plein. Et consolé.

Ses doigts avaient lâché ses cheveux.

À présent la pluie ne claquait plus, ne roulait plus par les rues, elle venait, timide et prudente, d'un ciel épuisé, et les arbres lourds, les ruisseaux éphémères aux bords des trottoirs, les flaques sans reflets, tout semblait à sa place, le soleil déclinant rendait les armes.

À présent elle était allongée contre un homme, les yeux fermés le visage légèrement basculé en arrière, un homme endormi, un homme en paix, qui avait mis dans son corps et sur son corps une empreinte nouvelle des odeurs des sueurs des baisers des semences nouvelles, alors elle se dit que peut-être, le temps était venu.

Elle posa la tête sur son ventre pour sentir sa douceur sa moiteur son plaisir la forme de son nombril et son sexe soulagé, elle baisa ses paupières ses yeux bleus de Barbès ses yeux d'enfant de cirque les pépites d'or et le gris des vertiges, elle sourit à sa bouche entrouverte, au léger ronflement qui s'échappait de sa gorge, son cou d'homme fort ses épaules de lutteur luttant pour la vie pour l'espoir de la vie, elle se glissa hors des draps blancs froissés salis d'amour et de vin, elle ôta la chemise bleue, l'offrande de son torse les petits boutons de nacre, elle retrouva ses vêtements et ses mules lancés au hasard de ce rendez-vous d'été, s'habilla dans le jour finissant, ouvrit avec une infinie précaution la porte au numéro oublié, et sortit.

Elle allait vivre.

Vivre ce temps.

Le temps du pardon.

Du même auteur :

Théâtre :

LE PASSAGE, Éditions de l'Arche, 1996.

CHAOS DEBOUT, LES NUITS SANS LUNE, Éditions de l'Arche, 1997.

POINT À LA LIGNE, LA JOUISSANCE DU SCORPION, Éditions de l'Arche, 1998.

LE JARDIN DES APPARENCES, Actes Sud-Papiers, 2000.

MATHILDE, Actes Sud-Papiers, 2001 et 2003.

JE NOUS AIME BEAUCOUP, Grasset, 2006.

Romans :

BORD DE MER, Actes Sud, 2001 ; Babel, 2003.

NUMÉRO SIX, Actes Sud, 2002 ; Babel, 2004.

UN SI BEL AVENIR, Actes Sud, 2004 ; Babel, 2005.

SA PASSION, Grasset, 2007.

LA PROMENADE DES RUSSES, Grasset, 2008.

LE PREMIER AMOUR, Grasset, 2010.

Nouvelles :

PRIVÉE, Éditions de l'Arche, 1998 ; Babel, 2004.

LA PETITE FILLE AUX ALLUMETTES, Stock, 2004.

Composition réalisée par FACOMPO (Lisieux)

Achevé d'imprimer en décembre 2012 en Espagne par
Black Print CPI Iberica, S.L.
Sant Andreu de la Barca (08740)
Dépôt légal 1re publication : octobre 2007
Édition 04 – décembre 2012
LIBRAIRIE GÉNÉRALE FRANÇAISE – 31, rue de Fleurus – 75278 Paris Cedex 06

31/1848/6